色々おしゃべりだ！
……あれ？
孤児院の頃も
数人で相部屋だったし、
何も変わってない……？
いやいや、多少は違うはず！
（本文P．254より）

CONTENTS

挿絵：カオミン
デザイン：浜崎正隆（浜デ）

０７９　閑話　とある駆け出し冒険者の話　いち

私はトリエラ、元孤児の駆け出し冒険者だ。

元孤児の冒険者とはいっても孤児院を出て冒険者になったのはつい最近の事だから、そういう意味ではまだまだ冒険者になったという自覚は薄い。それにまだ冒険らしい冒険なんて何もしてないし、冒険者らしく魔物と戦った事すらない。まあ、まともに戦ったら間違いなく死ぬだろうから、そんなのは無理なんだけど。

しいて言うなら、王都に来るまでの旅は冒険だったと言えなくもない？　とはいってもそれも乗合馬車で移動しただけだから、胸を張って冒険したとは口が裂けても言えないんだけど。

まあ、それはさておき。

今日、身売り同然の扱いで孤児院からいなくなり、その移動中に事故で死んだと聞いていた親友に再会した。まさか生きてるだなんて思いもしなかったので、取り乱してたくさん泣いてしまった。今思えば恥ずかしいくらい大泣きしていたと思う。

……親友のレンにしがみついて、泣きやむまで子供をあやすように背中を撫《な》でられて……うう、恥ずかしい。

「……元気そうで良かった」

そんな親友の元気そうな様子を思い出し、頰が緩む。

「可愛くなってたなあ……」

うん、凄く可愛くなってた。それに、色々と凄くなってた。おっぱいとか。他にも色々と。

あ、でもいつの間にか私のほうが背が大きくなってたのは驚いたな。

「サンドイッチ、美味しかったな。みんなの分ももらっちゃったけど、足りるかな？　それにこの剣、どうしよう？　ケインが騒ぐだろうなあ」

レンが造ったという剣の柄を撫でながら呟《つぶや》く。みんなの分と言ってお土産に持たされたサンドイッチはともかく、この剣は色々と問題になりそうな気がする。主にケインが欲しがって騒ぐだろう、という理由でだ。

ケインは私の職人街巡りを良く思ってはいなかった。そんな時間があるなら少しでも雑用依頼をこなしてお金を稼ぐべきだと主張していた。

でもそんなケインは剣士に憧れていて、お金を貯めて早く剣を買おうとしていたという事を私は知っている。そしてケインは割と自己中心的で我儘《わがまま》だ。この剣を見れば欲しがって騒ぐだろう事は間違いない。

「……まあ、絶対にあげないけどね」

この剣を譲ってくれたレンの性格や心情を思えば、ケインに譲るという事は絶対に無しだ。

「悩んでても仕方ないし、取り敢えず教えてもらった資料室にでも行ってみようっと」

剣の事を知ったらケインが騒ぐ事は間違いないし、だからといって今から悩んでいても仕方ないし、なるようにしかならない。私としても剣を譲るという事はありえないので、どれだけケインがごねようとも拒否して終わるだけの話だ。

むしろそんなどうでもいい事に頭を使うくらいなら、レンに教えてもらった資料室とやらで色々と調べるほうが遥《はる》かに建設的だろう。

王都ギルドの本部の方は行った事がなかったけど、レンが言うには誰でも利用できるという事なので、多分なんとかなるだろう、と開き直って行ってみる事にした。

◇

「えっと、ここが資料室？」

そんなわけで、レンに教えてもらった王都冒険者ギルドの資料室、という所にやってきたのはいいんだけど……。うん、本が凄くたくさんあって、どこに何があるのやら。

そもそもの話として、私はあんまり字が読めない。とはいえレンが言うには薬草の絵姿なんかも書かれている、という事だったので適当に眺めてるだけでも参考にはなるだろう、と思ってたんだけど……予想以上の本の多さに、どこから手をつければいいのやら、途方に暮れてしまう羽目になった。

「どうしよう……？」

「そこのお嬢さん、どうかしたのかな？　なにかお探しかい？」

どうしたものかと困っているると、この資料室の管理をしているらしいおじいさんに声を掛けられた。薬草に関する資料を見たくて来たのだけれど、あまりに本が多くてどこにあるのかわからず困っていた事を告げると、丁寧に探している本のある棚までつれていってくれた。

なんでもこのおじいさんはこの資料室の司書、という仕事をしているらしい。資料室についてわからない事があれば色々と教えてくれる、との事だったので、お言葉に甘えて色々と教えてもらう事にした。

あまり文字が読めない事を隠して、ここで得られる知識を半端に齧《かじ》るくらいなら恥を忍んででも教えてもらったほうがマシだ。私は司書のおじいさんにお願いして、読めない文字を読んでもらいながら資料を読み進めた。

「わからない事を隠して知った振りをしたり、わからないままにするよりも、君のようにちゃんと尋ねる事ができる子のほうが長生きできるし、成功すると思うよ。色々大変だろうが、頑張りなさい」

「あ、ありがとうございます！」

わからない事を聞くのはその時だけの恥ずかしさで、知らない事を知った振りをしてそのままにしておくのはずっと恥ずかしい事、なんて意味の言葉もあるらしいので、私は自分がわからない事を他の知ってる人に尋ねる事に抵抗は無い。それが後々役に立つのなら、迷う必要なんてないと思ってる。

……実は、孤児院にいた頃のレンの受け売りだったりするんだけど。

王都周辺で採取できる薬草について調べていると、色々な事がわかった。

薬草によっては、薬効……要は、薬になる成分の多い部分が違っていたりするらしい。それは葉の部分だったり根っこだったり、花……花弁の部分だったり、と違うらしい。

となれば当然、色々な薬草を同じように採取してしまえば素材としての品質は変わってくる。

根っこが重要なものであれば丁寧に掘り出す必要があるし、葉っぱが必要なら折れたりちぎれたりしないように保存しないとだめなのだ。

今まで私達が採取していた薬草は適当にちぎったりしていたのが悪かったんだろう、買い取り価格がまちまちだったのはそういう理由だった、という事だ。

「ちゃんとした道具を使って、丁寧に採取して、保存も丁寧にしないとだめなんだ……。今までやってた事って、もう全然だめだめだったんだなあ……」

正直言って、落ち込む。

たかが薬草採取くらい、適当に採ればいいと思っていた。でも、きちんと適切な処置をして採取した場合の薬草の買い取り価格は、私が考えていた以上に高額になるらしい。

今まで街の雑用の収入と同程度かそれ以下の買い取り価格しか付かなかった薬草が、適切な処理をされていれば実は2～3倍以上で買い取りしてもらえると知った時の私の気持ちは、なんとも表現できない。

更に薬草の種類によっては、10倍にもなると知ってしまうと……。

ああ……欲しかったあれやこれが既に買えていた、なんて事もあったのか、なんて……やばい、本気で泣けてきた。

いや、王都に来てからまだ2ヵ月程度しか経ってないんだから、取り返しはつく。むしろ巻き返しできる、と前向きに考えよう。

とはいっても今日得た知識を実際に活用してみてからじゃないとなんともいえないんだけど。


ギルドの資料室を出た時にはもう日が落ち始めていた。

ああ、今日は結局雑用の仕事やってないや。でも、レンにサンドイッチもらって、剣ももらって、薬草の知識も手に入れて……今日一日だけで見ても装備的にはプラス収支だし、長い目で見てもプラスだよね？

そんな事を考えながら歩いてるうちに寝泊まりしている安宿に着いた。

私達が今住んでいる安宿の大部屋は8人部屋だったので、宿の主人に交渉して私達のパーティーだけで一部屋使わせてもらえるようにしてもらっている。

そのため、他の冒険者と同室になる事はないので、持ち物やお金が盗まれる、という危険性はそこまで高くはない。

とはいえ部屋のドアに鍵が掛けられるわけではないので、昼間に部屋を空けてる時には普通に中に入れてしまう。だからお金や貴重品は常に持ち歩かないといけない。

収入が増えればもっと防犯性の高い宿に変える事も可能だけど、現在の収入ではそれはまだまだ難しい。

◇

「ただいまー」

「あ！　トリエラ、おかえりー！　見て見て、今日はこれだけ稼げたよー！」

部屋に入るとリコが駆け寄ってきた。

リコ……リコリスは、私の一つ下の女の子。ニコニコ笑顔で今日の薬草採取の収入が前回よりもちょっと多かったと報告してくる。

「頑張ったね、リコ。私も今日は色々あって、ちょっと疲れちゃったよ」

「そうなんだー？　って、その腰の……」

「うん、これが私の今日の収入」

「えええ、凄い！　やったね！」

「リコ、うるせーぞ！」

「おい、リューやめろ」

「ケイン……だってよー」

リューもリコと同じく、私よりも一つ下で、男の子。ただしちょっと……いや、かなりお馬鹿で、ケインの腰巾着みたいなポジションだ。

「いいからやめろ。トリエラ、おかえり。今日雑用のほうにこなかったけど、なんかあったのか？　ちゃんと稼がないと、この安宿だって追い出されるかもしれないんだから、ちゃんと……って、腰のそれ……」

「ああ、うん。今日はちょっと色々あって、そっちはいけなかったんだ。ごめん。でも、お陰でこの剣が手に入ったし、今日の分のご飯も持ってきた。他にも色々あったけど……」

「マジか！　マジかよ！　トリエラ、剣って、マジか！」

「あー、うん、それで……」

「頼むトリエラ！　その剣、譲ってくれ！　このとおりだ！」

……なんというか、ここまで予想どおりだと呆《あき》れるのを通り越して、怒りすら湧いてくるなあ。

「あのさあ、ケイン……アンタ、私の職人街巡りに否定的だったくせに、いざ剣が手に入ったら、ソレ？　私の事、馬鹿にしてるの？」

「いや、そういうつもりじゃないけど……でも、俺だってどうしても剣が欲しいんだ！　だから、頼む！　このとおり！」

「はあ……絶対に、イヤ！　バッカじゃないの？　自分でなんとかしなさいよ、私がやってたように、自分の足で！　地道に！」

「それは……いや、俺は色々やる事あるし……」

あー、コイツはもう、本当に……！

「ばーか！　ケインのばーか！　忙しいのなんてみんな一緒でしょー！　そんな中でもトリエラは自分で頑張って剣を手に入れたんだから、ばかケインも自分で頑張ればいいじゃん！　ケインのあほー！」

おおお、リコが怒った。でも、うん……リコじゃないけど、誰が聞いてもケインの言い分はおかしいってわかるよね。そんな我が儘、通らないよ。

「おいチビ！　ケインになんだ、その態度は！」

「うっさい、ばかリュー！　リューなんて一番役に立ってないくせに、偉そうな口きくなー！　ばーか！　ばか王！」

「なんだとー！　このクソチビー！」

「おい、やめろ！　あんまり騒ぐと……！」

リコとリューの口喧嘩《くちげんか》を止めようと、それまで静かにしていたマリクルが口を挟もうとした時。

ドガンッ！

『うるせーぞクソガキども！　ぶち殺されてェのか！』

……壁を殴りつける大きな音と共に、隣の部屋から罵声が浴びせられた。

「「「「すみません！」」」」

……この宿は安いだけあって、とても壁が薄い。だから少し騒ぐとその声が丸聞こえになる。そして騒ぎ過ぎると今のように、壁を叩《たた》く音とともに怒鳴りつけられる。

「……2人とも、気をつけろ。ここは壁が薄いんだ」

「ごめん、マリクル……」

「……すまねえ」

リコ達2人は素直にマリクルに謝っているけど、ケインはばつが悪そうにそっぽを向いていた。

「……ケイン」

「俺は……いや、悪い。俺も騒ぎ過ぎたな」

「それは別にいい。それよりもトリエラの剣の話だ。いくらなんでもお前の言い分はおかしいだろう。それが通るなら、パーティーのリーダーはどんな我が儘を言ってもいい事になる。それは筋が通らない」

「……そう、だな。すまん」

「謝る相手は俺じゃない」

「トリエラ、悪かった。このとおりだ」

……マリクルはいっつも余計な苦労を背負い込むよね。損な性格をしてると思う。まあ、そこがいいところでもあるんだけど。

「……わかってくれればいいよ。でも、残念ながらこの剣は互助契約が結べたってわけじゃないから、勘違いしないで」

「……そうなのか？」

「うん。運よく親切な鍛冶師に会って、その人に譲ってもらえただけだから。このご飯もその人にもらったんだ。でもそれとは別に、凄く役に立つ事も教えてもらえた」

レンの事をケインに話すつもりはない。レンもそれを望まないだろうし、私としてもレンをいじめていたケインに教えたくない。

孤児院でのケインは幼年の子達の面倒見が良かったし、そういう意味では悪い奴ではないと思うけど、レンをいじめていた事については私は許すつもりはない。

ケインがレンに対する態度を急に変えた事に関して、院長先生に説明はされたので理解はするけど、納得はできない。シシュンキ、なんて言われても、ただ単に色気づいたエロガキが馬鹿やった、としか思えない。

「じゃあ、俺の分も、っていうのは……」

「無理」

「ケインの我が儘はどうでもいい。そんな事よりも、凄く役に立つ事ってなんだ？」

「ご飯食べながら説明するよ」

マリクルに剣の事をどうでもいいと言われたケインがちょっと落ち込んでいるようだけど、正直どうでもいい。

「うまっ⁉」

「なにこれ！　凄く美味しい！」

「なんでこんな……この、白っぽいソースみたいなのが……？」

「うまー！」

昼に食べた時にも思ったけど、レンのサンドイッチは物凄く美味しい。みんなも大絶賛だ。

私と同い年で、料理に興味があるアルルが色々と首をかしげながら神妙な顔で食べてる様子はちょっと面白い。でもケインがバクバク食べてるのを見ると、ちょっと微妙な気分になる。

……でもそんな事も言ってられないので、レンに教えてもらった資料室の情報を説明しながら食事を進める。

「……つまり、そこに行けば色々な情報がタダで手に入る、という事か」

「うん。今日、ちょっと覗《のぞ》いてきたし少し本も見てきたけど、それだけでも薬草に関しては色々知る事ができた。今の私達に必要な情報はもっとたくさんあると思う」

「トリエラがそう言うのであれば、間違いないだろう。なら、そこを活用するべきだな」

「けどマリクル、俺達はあんまり文字が読めないぞ？　それに宿に泊まるには金を稼がないとだめだ。この状況で仕事もしないで、その資料室？　とかいう所に全員で籠もるのか？」

「だが、現状維持では何も解決しないだろう？」

「それはそうだけど……なら、どうする？」

「金は必要だ、稼がないとここにすら泊まれなくなる。だから、取り敢えずトリエラはしばらく採取のほうに固定で行ってもらうって事でいいんじゃないか？　その、資料室？　に行ったのはトリエラだけだ。軽く見ただけでもかなりの事がわかったって言ってただろう？　その、軽く見た程度でどこまで変わるのか、ひとまず様子見してみて、その結果次第で考えよう」

「なるほど……金も稼がないとまずいもんな。じゃあまずはそれでいこう。トリエラもそれでいいか？」

「私はそれでいいよ。それじゃ今日はもう寝よう、灯り代も馬鹿にならないし」

「だな。ほらチビども、さっさと寝るぞー」

「おう！」

「トリエラー、一緒に寝よー」

　さて、取り敢えずの方針も決まったけど、どうなるかなあ……まあいいや、今日はもう寝よう。どうするにしても明日の結果次第だし。

０８０　閑話　とある駆け出し冒険者の話　に

翌朝、お昼用の固焼きパンと串焼き肉を買って、雑用班と薬草採取班にそれぞれ分かれて移動。私は今日からしばらく薬草採取のほうに固定の予定だ。今日の採取班のメンバーは、私、クロ、マリクル、ボーマン。

ケインは一人にすると時々勝手に変な事をするので、それを止められるメンバーと一緒にしておかないといけなかったりする。

ケインの暴走を止められるのは私、マリクル、アルルの３人。アルルは問答無用で本気の飛び蹴りを食らわせるので何気にケインはアルルの事が苦手だったりするんだよね。

いつもならケインにはマリクルか私が付いてる事が多いんだけど、昨日の提案をしたのはマリクルなので今日はマリクルは私と一緒だ。

それに今日のメンバーの一人、ボーマンはサボり癖が酷いのでケインかマリクルと一緒にしておかないといけない。

最後の一人、クロは獣人で黒猫族。髪も瞳も真っ黒で、レンと一緒にいると時々姉妹に間違えられる事もあった。レンには猫耳も尻尾も無いのに、ちょっと不思議だったけど。まあ、２人ともぼんやりしてる事が多いし、それでなんとなく雰囲気が似てたというのもあるのかもしれない。

と、そうこうしているうちに王都の門が見えてくる。門には冒険者や商人達で既に長蛇の列ができていて、外に出るまではまだまだ時間がかかりそうだ。


「いつも思うけど、朝のこの待ち時間ってどうにかならないのかな」

「それだけ王都は人が多いって事だろう。冒険者にしろ、商人にしろ」

「にゅー、トリエラ、ねむー」

「我慢しなさい」

「トリエラ、俺も眠い……」

「ボーマンまで……2人ともちゃんとしなさい！」

まったく、この2人は隙があれば寝ようとする！

「おう、チビ助達、今日も採取か」

「あ、ギムさん。おはようございます！」

この人はドワーフの重戦士でギムさん。ドワーフなのに凄く足が速い、Cランクのベテラン冒険者で、私達が王都に着いた最初の日に冒険者ギルドで困ってるところを助けてくれた親切な人。今、泊まってる宿もギムさんの紹介で、私達の収入でも泊まれて、尚且つ少しずつでも貯金できる程度の宿代でそれなりの宿、という事で教えてもらった所だったりする。私達のパーティーを一部屋にまとめてもらえたのもギムさんの口利きがあったからだったりするし、その後も何かにつけてよくしてもらってるので、本当に頭が上がらない。

「どうだ、薬草の見分けはつくようになってきたか？」

「いえ、まだまだ全然です。でもある人に色々教えてもらえたので、今日はいつもよりもちょっと稼げるかもしれません」

「おお、そりゃ良かった！　俺も薬草はあんまり詳しくないから、そっちは教えられないからな！

……ところで、トリエラのその腰の剣は、どうしたんだ？　前々から探してるって言ってた互助契約の相手でも見つかったのか？」

「あー……これは、そういうわけではないんですけど、ちょっと色々あって……」

「ふぅん？　まあ、生きてりゃ色々あるわな。それはともかく、ちょっと見せてもらってもいいか？」

「あ、はい。構いませんよ」

ギムさんに鞘《さや》ごと剣を渡す。ギムさんには色々お世話になってるし、信用できる人だと思うので盗られるような心配はしていない。

「ほぉ……コイツはなかなかいい代物だな」

「……やっぱり、そうなんですか？」

「なんだ、お前の剣だろう？　知らなかったのか？」

「いえ、剣の見立てとか、よくわかりませんし……」

……やっぱり、ギムさんの眼から見てもいい剣なんだ。レンは自分で造ったって言ってたけど、それが本当なら、あの子って……。

　昔から変な子とは思ってたけど、うーん……。

「まあ、追い追い覚えていけばいい。それよりも剣の扱い方は知ってるのか？　適当に振り回せばいいってもんじゃないぞ？」

「すみません、実はそのあたりもさっぱりで……」

　ケイン達男子４人は孤児院にいた頃から棒切れを振り回してたし、レンがいなくなった後は実戦を想定してのつもりか、かなり本気で打ち合ったりしてたみたいだけど、私はそっちはさっぱりだ。そういった事をギムさんに伝えた。

「あー……男ならまだしも、剣士を目指してたってわけでもない女じゃあそんなものか。なら、そうだな……料理とかはしてるか？　包丁だのナイフだのはただ刃を押し付けただけじゃあ肉も野菜も碌《ろく》に切れないだろう？　こう、刃を引いて初めてちゃんと切れるわけだな。基本的にはソレと一緒だ。ただ刃を押し付けて切るつもりなら、力いっぱい叩《たた》きつけたりせにゃならん」

「なるほど……」

「よく、剣で切り結んだとか打ち合ったとか言うが、そんな事ばかりしていればすぐに刃が欠けるし、下手すれば折れる。よっぽどの業物じゃない限り、剣なんて消耗品だ。これだけいい剣だ、大事に扱うようにしろよ？　……本当はもっと色々とあるんだが、そういうのを全部教えるとなると時間がなあ……」

「いえ、ありがとうございます。そういう事も全然わからなかったので、本当に助かりました。ちゃんとした剣術を習うなんて、無理ですし……」

「まあなあ、正統派の騎士の剣術だのは強力だが平民が習うのは難しいし、かといって街の剣術道場だのも金がかかるからな。結局、冒険者の剣術が我流になるのは仕方ないんだが、どうにかならんものかなあ……」

　ギムさんは過去にも私達みたいな駆け出しの面倒を何人も見てきたらしい。そして、そのうちのかなりの数が死んだとも言っていた。未熟どころか碌に戦い方も知らないままに死んだ駆け出し冒険者は多いという話もよく聞くし、ギムさんのように面倒見がいい人には思うところが多いんだと思う。

「っと、そろそろ外に出られるな。お前達も頑張れよ！」

「はい！　ありがとうございます！」


　途中でちょっと変な空気になっちゃったけど、ギムさんと別れていつも薬草採取をしてる森を目指し、街の外を進む。

「……ギムさんは、色々気にし過ぎだと思うけどな」

「でも、お陰で色々教えてもらえたりしてるんだし、ああいう人がいるお陰で私達みたいな駆け出しも生きていけるんだから」

「まあな。うちにはチビも多いし、ボーマンみたいなのもいるしな」

「ボーマンはもうちょっとやる気を出してくれればね……」

「……一応、やる時はちゃんとやるし、もうちょっと長い目で見てやってくれると助かる」

マリクルがいっつもボーマンの尻を叩いて色々やらせてるのはよく知ってる。それだけじゃなく、ケインの暴走を止めたり、リューの馬鹿をやめさせたり……。

「マリクルは本当に損な性格してるよね。ギムさんの事、言えないんじゃない？」

「性分だ、ほっとけ」

まあ、そこがいいんだけどね。

「トリエラだってアルルのやり過ぎを止めたり、リコのやる気の空回りを抑えたり、クロを運んだりしてるだろ」

「あー……」

「心配してくれてるのはわかってるし、ありがたいとも思ってるけど、お互い様だ。だからあんまり言わないでくれると助かる」

「わかった、気をつける。ごめんね？」

うーん、ちょっと言い過ぎたかな？　でもそのくらい言わないと、直りそうもないし。

「……自覚はしてるし、直そうとは思ってる」

どうしたものか、と首を捻っていたら、明後日の方向に顔を向けながらマリクルが呟《つぶや》いた。

「頑張れ」

「善処はする」

そんな事を話しながら歩いていると森に着いた。さて、薬草採取を頑張りますか！

いつも採取をしているあたりで早速薬草を探す。このあたりは森の大分浅い所なんだけど結構たくさん薬草が茂っているとかで、私達みたいな駆け出し冒険者には割と人気の採取場所となっている。

なんでも、なにか理由があって薬草が生えやすかったり育ちやすいって話だ。私にはよくわかんないけど。

「トリエラー、見つけたー」

「おっ、流石クロ、お手柄」

クロは薬草や木の実などを見つけるのが得意だったりする。犬・猫系の獣人にはそういう人が多いらしい。そんな理由からクロは基本的に採取組になる事が多い。

「それで、これをどうするんだ？」

「えっとね、確か、こう……」

マリクルが覗《のぞ》き込みながら聞いてくる。

昨日読んだ本では確か、この種類の薬草は葉っぱが大事だったはずだから……。

「これは、こういう風に葉っぱの部分が折れたり潰れたりしないように丁寧に切り取って、で、こういう布とかで包んでおくといい、だったはず……かな」

「ふーん……布に包む時は複数を重ねてもいいのか？　ばらばらじゃないとだめとかだと、そんなにたくさん布は無いから厳しいぞ？」

「えーと、あんまりたくさん重ねると潰れると思うけど、そんなに馬鹿みたいな量じゃなければ大丈夫、だったと思う……」

「なるほど……わかった。とにかくまずは丁寧に切り取る、潰れないようにする、だな。この薬草は割とたくさん生えてるし、俺でも見つけやすい。俺はボーマンとあっちの方探してくる。トリエラはクロと他の薬草探してみてくれ。おいボーマン、行くぞ！」

「おー……」

「もう少しやる気出せ」

「んー……」

……だめだありゃ。まあいいや、こっちはこっちで頑張ろう。

「ボーマンはぽんこつ」

「あんまり言わないでやって、クロ」

「にゅー」

「まあ、言いたくなる気持ちはよくわかるけどね……って、これ、確か高額買い取りしてもらえる種類だっけ？」

「でもいっつも安く買い叩かれてたやつー」

「だよね、クロがそう言うって事は間違いないか。えーと、コレは確か根っこだっけ？　茎の部分もだったかな。あー、これは実も花もついてないけど、確か実と花も別々に使える、だったかなあ……？　あー、だめだ。思い出せない！」

「取り敢えず、丁寧に根っこごと掘り出して持っていこー」

そう言うとクロが鞘に入ったままのナイフを使ってガリガリと地面を掘り出した。ああ、言われてみればそれもそうだ、どの部分も重要なら丸ごと持って帰ればいい。うう、覚えたての知識に振り回されてる……。もっとしっかりしないと！

軽いジレンマに落ち込んでいる間にクロは薬草を掘り出し終わっていた。

「ごめんクロ、ありがと」

「んにゅ。それでこれ、どーするの？」

「これは確か、丸ごと布で包んで、だったかな。布を湿らせておくとなお良い、だったと思う」

「水……あっち」

「え、あっち？　何かあったっけ？」

「水の匂いする」

そう言うとクロは小走りに駆け出してしまった。

「ちょ、待って！　クロ！」

でもそう離れていないところで立ち止まると、クロは茂みに頭から突っ込んだ。

「クロ⁉」

「あった、水。トリエラも」

クロが茂みに頭を突っ込んだまま手招きするので、私も茂みに……ではなく、横を迂回《うかい》して裏側へ。そこには小さいながらも湧き水が湧いていて、クロが言うとおりに水があった。

「うそ、ほんとにあった……クロ凄い！」

「わたし、凄い」

茂みから抜け出したクロが頭に葉っぱをつけたまま胸を張る。いや、こういう時のクロは本当に凄い。正直なところ、私達の中で唯一、一人でも生きていけそうな気がする。

クロの頭の葉っぱを払い、そのまま頭を撫《な》でながら褒めると、クロは気持ち良さそうに目を細めた。

……この表情、孤児院にいた頃、木陰でレンに撫でられてる時によくしてたな……そのうち、レンに会わせてあげたい。


そんなやり取りの後も順調に薬草の採取を続けていく。昼時になって一度マリクル達と合流して、固いパンと串焼き肉を齧《かじ》る。

たくさん稼いで、この串焼きももっとたくさん食べられるようになりたいなあ……。もっともっと頑張らないと。

お昼を食べた後も二手に分かれて、夕方まで薬草の採取を続ける。うん、結構採れたね。でもマリクル達のほうはあんまり芳しくなかった様子。

「そういう時もあるよ」

「すまん」

「大丈夫大丈夫！　いつもよりも量は少ないけど、これでいつもよりも高く買い取ってもらえたら資料室は有用だってみんなにもわかるでしょ！」

「……そうだな」

そんなに上手くはいかない、とマリクルの表情は語っていたけど、それでも前向きに考える事は悪い事じゃないと思う。だって、そうでもしていないとやってられない。

……正直なところを言えば、私もそんなに高く買い取ってもらえるとは思っていなかった。だって、資料室で司書のおじいさんに読んでもらいながら聞きかじった程度の事しか実践できてない。そんな程度で、そこまで買い取り価格が変わるとは到底思えなかった。

でも、そんな私の予想は良い意味で裏切られた。


買い取り価格が全部で銀貨5枚⁉

えっと、いつもの、4、5……7倍以上⁉　え、えええ？　えええええええ⁉　嘘《うそ》でしょ！！！？？？？

０８１　笑うという行為は本来攻撃的なものです

正直リコの才能舐《な》めてた。これが本当の天才というやつか。私みたいなパチモノとは違う天然物の天才、恐るべし。

あれから2回ほど教えたら、あっという間に【魔力感知】と【魔力操作】のレベルも上がって、おまけにこれまたあっさりと【魔力循環】まで覚えちゃったんだよ、これが。

更に無属性魔法も無事習得し、そっちのレベルもあっという間に3まで上がった。なんだか私よりも成長早くない？

ちなみにこの成長速度なんだけど、読み書きの練習と、更に計算の勉強をした後の時間でやってるからそんなに時間を取ってるわけじゃないんだよね。やる気満々の天才の本気マジパネェです。

なお、トリエラはゆっくりやっていく方向にシフトした模様。うん、変に競う意味ないからね。地道に行こうよ、平和が一番だよー。

閑話休題。

最近人に勉強を教えたりとか、人の世話してばっかりで自分の鍛練が疎かになってる気がしなくもないので、今日と明日はがっつりと鍛冶の修業をするのだ。いい加減【鍛冶】のレベル6になっても良いと思うんだ、ほんとに。

◇

そんなわけで午前中はがっつりと剣を造って中庭にて恒例の昼前休憩中也《なり》。ぷしゅー。今日はトリエラ達も来ないからね。というか実際のところ、トリエラ達とだべったりおべんきょしたりする回数よりも、中庭でぐんにょりしてるほうが多かったりする。

ちなみに今日は革細工職人のデリアさんとおしゃべり中。塩とレモン果汁入りの氷水飲みながら。塩分大事！　夏だしね。

「いやー、まだまだ暑いねー」

「まだ8月ですから」

「そうだねー。親方達は鍛冶場に籠もってるんだから地獄だろうねぇ……って、レンちゃんもだねぇ」

「私は自分で氷を出したりできますので、多少はマシだと思いますよ」

「ああ、それは確かに」

などとだらだらと駄弁ってたら下のほうの息子さんが鍛冶場のほうからやってきたっぽい。あ、下の息子さんって感じ悪いほうね？

「……チッ」

おお、こっちに気付いたら早々に舌打ちだよ。マジで感じ悪い。

「ちょっとエド！　あんたいい加減にしなさいよ⁉」

「はあ？　デリアには関係ないだろ？」

「関係ないわけないでしょうが！」

おや、デリアさんは私の味方なのね。いいぞもっとやれー。

「あんた、わかってないみたいだけど、あんたのその態度のせいでうちの親方、近所の工房から色々言われてるんだからね？」

……なんでも、近所の工房には、私の事は若いけど腕のいい客分を招いてる、という扱いになってた模様。客分っていうか実際はこっちがお金払って鍛冶場を使わせてもらってるんだけど、そんな事はここの職人さんとか親方さんが言わなければわからない。

で、ここの親方さんが私の腕を褒めてて、ここの職人さんも私の事を褒めてる上に触発されてやる気を出してる中、親方の下の息子一人だけが私に対して礼儀のなってない態度を取ってるところが出入りの商人さんとかご近所さんに見られてたらしい。

その結果どうなるかといえば、極々一部からだけど『ここの親方は自分の所の職人、しかも実の息子の躾《しつけ》も統率もできない、その程度の指導力しかない親方だ』なんて言われちゃってるらしい。

「何度も親方に怒られてるのに、アンタってバカなの？」

「それは……俺が一人で勝手にやってるだけで」

「周りはそうは取らないって話してんのよ！　アンタやっぱりバカね！　もう死んだら？」

おおお、死ねは流石に言い過ぎでは……いや、激しく同意ですけどね！

「ついでに言っておくけど、あんたがこのままあいう態度取り続けるようだったら、親方に言ってあんたの事追い出してもらうから。ちなみにこれ、ここの他のみんな、全員の総意だからね。当然女将さんもアルも同意見ね」

「んなっ⁉　兄貴やお袋も……？」

「そのくらいあんたの態度は行き過ぎてるって事よ」

「……こいつのせいで！」

あらら、私の事睨《にら》んできたよ。

「はい、アウトー。あんたもうだめね。今から親方の所に行ってくるわ」

「ちょ、待てよ！」

「待たなーい」

「いや、待てって！　俺だって……俺だってわかってるんだよ！　でも納得できないものはできないんだ！」

「それでもせめて態度に出すなって言ってんのよ！　このバカ！」

あー……もうこれはどうしようもないかもしれんね。

とはいっても一応こっちにも原因はあるって事になるのかね？　責任は無いと思うけど。んー……理解はしても納得はできてない、実力の差は見てはみたけど体感はしてない、ってところだろうから、取り敢えず心をへし折っとくかな。

「えーと、エド……エドワードさん？」

だったっけ？　紹介されたはずだけどむかつくやつの名前とかいちいち覚えてないわ。

「……なんだよ」

「自分の槌《つち》とやっとこを持って私の鍛冶場に来てください。これから剣を打つので、相槌《あいづち》を入れてください」

「はぁ⁉　なんで俺が！　そんな事……「うるさい、黙れ。いいから早く持ってこい」

あんまイライラさせないでもらえるかな？　ついうっかり、にっこり笑顔で言葉を荒らげちゃうゾ☆

「……」

黙って金槌《かなづち》取りに行ったね。最初からやれよ、マジでな。

「……レンちゃん、怒ると怖いね」

「そうですか？」

にっこり笑顔。笑うという行為は本来攻撃的なものなのである。

◇

というわけで私の借りてる鍛冶場に戻ってまいりました。さあ、スパルタですよ。びしばし行くよー。

「今から打つ剣はこれと同じものです。手に取って見てください」

壁に立てかけておいた完成品の剣を差し出す。さっさと受け取れ。ハリー！　ハリー！

「なんで俺が……」

ぶつぶつ言ってるんじゃないよ、鬱陶しいなあ……いいから、はよせい！

「いいですか、これと同じものを打ちます。同じものですからね」

「何度も言わなくてもわかったよ」

絶対わかってないから言うんだよ。

「……じゃあ、始めますよ」

「ああ……」

と、早速打ち始めたわけですが……だめだコイツ、やっぱり全然わかってねえ！

「なんでそこに先に槌を入れるんですか！」

「なんでって、最終的にあの長さにするんだから、ここは伸ばしておかないとだめだろ⁉」

「今その部分をそこまで薄くしたら、その先を打つ時に引っ張られて更に薄くなって強度が落ちます。その程度の事もわからないんですか？」

「何を……⁉」

「漠然と場当たりで適当に打ちながら、途中で誤魔化してばかりいるからそうなるんです。最終形になるまでの過程を考えて打ってますか？」

「それは……」

「手が止まってます！　何やってるんですか！」

「……ッ！」

……と、そういうやり取りの結果、見事な駄作ができあがりましたとさ。

我々の前には、何故か刀身が長めの細身の片手剣が鎮座しておられます。刃幅がやや広めの片手直剣、ブロードソードを造ろうとしたはずなんですけどねぇ？　フシギダナー？

「なんでこうなったかわかってますか？」

「……」

「あれと同じものを造る、と言いましたよね」

「……あれとは違うけど、これだって良い出来じゃないか」

「そうですね、細身の剣として考えればいい出来でしょうね。でも、今回造ろうとした剣はこれではありません、あの剣です。なら、これは失敗です。駄作です。ゴミです」

「……そこまで言わなくても」

「貴方の打ったという剣を見せてもらった事がありますが……器用に剣を打つ人だな、と思いました」

「……器用？」

なんでちょっと喜んでるの？　バカなの？

「言っておきますが、褒め言葉じゃありませんよ。逆です」

「逆？」

「はい、逆です。親方も言ってました、これは売り物にならない、と。その剣も今回と同じように、元々造ろうとしていたものとは違う剣に仕上がったそうですね」

「……」

だんまりばっかりだね。いいけどね。

「打ってる途中で、さっきのように適当に槌を入れて、修正するために更に余計な槌を入れていった。……違いますか？」

「…………」

「なんで失敗したのか、どこが悪かったのか、ちゃんと反省して考えながら打たないと技術は上がりませんよ」

なまじ、修正してそれなりのものにしてしまえる才能と技術があるからこうなっちゃったんだろうけどね。才能があるのに磨かないやつは死ねばいいと思う。妬ましいから。シット！

でもまあ、最近の私は先生モードですからね！　いつもなら口先だけで言いくるめて心をへし折って終わるところだよ！　だけど今回はちゃんと実技指導までしてやったよ？　私、優しくない？

その後も延々と嫌味を言い続けた結果、エドワードさんは死んだ魚のような目になっていた。結局心をへし折ってしまった模様。ちょっとやり過ぎたね、反省反省。

で、そんな余計な事に時間を取られたお陰で私だけお昼ご飯が少し遅くなってしまった。エドワードめ！　ふぁっきゅー！

え？　エドもご飯遅くなったんじゃないかって？　いや、やつは中庭のベンチに座り込んだままずっとぶつぶつと呟《つぶや》いてたから、ご飯食べてないんじゃないかな？　その後の事は知らない。

遅めのお昼ご飯食べた後はまた夜まで鍛冶。カンカンカンってね。んー、また剣を打つ速度が上がったような気がする……まあ困るような事じゃないし、いいよね？

それはさておき、そろそろ日課が恋しい気分にならなくもない。何か対策を考えねばなるまいか……と、うつらうつらしながら適当に色々考えつつこの日は就寝。おやすみー、ぐう。

◇

「ふわぁ……」

というわけで翌日、あくびを噛《か》み殺しながら食堂に行ってみると……、

「先生、おはようございます！」

「ファッ⁉」

先生⁉　誰の事⁉　っていうか、誰？

「先生、俺、目が覚めました！　自分がどれだけバカだったのか……！　これからは腕を磨いて先

生のような凄い鍛冶師を目指します！」

「あ、はい」

ああ、うん……が、頑張れ？　……え？　だれこれ？　エドワード？　マジで？


その後、よくわからないけど色々吹っ切れて改心したらしいエドワードにまとわりつかれて非常に鬱陶しい気分で朝食を食べたり、親方に感謝されてやたらと背中を叩《たた》かれたり、お礼とか言われてミスリルのインゴットを追加でもらったり、お兄さんのほうも一緒に剣を打ちたがってきたけど全力でお断りします、したり……本当によくわからないけど、疲れる一日だった。

やはり気まぐれを起こしてはだめだ、平和な日々を過ごすにはいつもどおりを心がけないと。とはいえ、エドワードの態度が改善したのは悪い事じゃないかなあ、とは思うわけで。

まあ、鬱陶しさの方向が違う方向に変わっただけともいうけど。でもむかつくよりはマシ？　んー、微妙？


その日の夜、妙に精神的に疲れた気分になりつつ、ベッドに横になってステータスを確認してみたら【鍛冶】のレベルが一気に7になってる事に気付いた。

……どうやら、経験値自体は随分溜《た》まってたみたい？　ただ、ＬＶ６になるのに必要な経験、経験値じゃなく、経験ね、それが足りてなかったみたい。今回の場合で言うと、多分『人に指導する』という経験かな？

思わぬ怪我の功名というやつですかね？　でもこれでやっと魔力剣の試作に取りかかれる。あ、ついでに刀も造ってみたい。浪漫武器だよね。前世で中学生の頃、中二病を拗《こじ》らせて居合抜きを習ってた事があるから、それが活用できれば私のへっぽこな近接戦闘能力も多少はマシになるかも？

そう考えるとエドワードの一件はそんなに悪い事じゃなかったのかもしれない。


で、翌日。

「先生！　おはようございます！」

前言撤回。やっぱりウザイわ。

０８２　うぃきとか見てるとふと気付いた時に数時間飛んでる事がありませんか？

鬱陶しいエドワードを尻目に今日は朝から冒険者ギルドに直行。当然護衛代わりにノルンとベルも一緒。ご飯確保で狩りに行く時以外では最近あんまり構ってあげられてないので、そのうち何かしてあげたいところ。むーん。

っと、冒険者ギルドに行くわけだけど、今日の目的は資料室。魔力剣とかについて調べたいんだよね。まあ、詳しい資料は無いにしても多少の情報はあるといいなー、という程度の軽い気持ちでしかないんだけどね。

などとつらつらと考えながらギルドに向かってぽてぽてと徒歩移動しつつ、昨日今日の食事中とか休憩中に聞いたエドワードとかの事情についてのまとめ！　いや、個人的には割とどうでもいいんだけどね……。

なんでもアルノー親方の息子さん、長男のアルフォンスさんと次男のエドワードを比べると、エドのほうが才能があるらしい。一応跡継ぎ予定は長男のアルフォンスさんらしいんだけど、それでも才能がある次男も伸ばそうと褒めながらエドを教育していたみたい。でもちょっと目を離した隙に増長して天狗《てんぐ》になっちゃってたそうな。しかも、私が指摘した悪い癖付きで。

で、困った事に同時に反抗期を併発してしまい、親方の言う事にはいちいち反発してたとかなんとか。拳骨を何発も頂いても反発してたらしいので、なかなかに筋金入りの馬鹿ですね！

長男のアルフォンスさんが放っておいてもストイックに淡々と基礎の修業を積む人で、尚且つ反抗期らしい反抗期も無かったらしく、親方は子育てなんてこんなものか、と思ってたらしいんだけど……長男とまったく違うエドには困惑してしまってどうしていいかわからなくなってしまってたらしい。

それでもデリアさんがエドに指摘したように、一部からは親方への悪評が出てきていて、このまま悪評がその一部だけでは済まないほどに広まるのであればエドを放逐しないといけないかも、と思ってたところで私がそれを叩《たた》き潰してしまった、と。

ちなみに悪評を流してた一部っていうのは仲の悪い斜向かいの工房の親方と息子だったそうです。エドのアレっぷりは反抗期が始まった頃からみんな知ってたので、大半の人達は『まだ拗《こじ》らせてるのか』程度の反応だったそうな。どこまで拗らせてたんだ、エドワード……。

私は見てなかったんだけど、私に心をへし折られて消沈してるエドワードは目も当てられない様子だったらしい。でも翌朝には吹っ切れたのか、子供の頃のように素直なエドワードがそこに！

そんな感じで実の息子を放り出さないといけないかもしれないと思い悩んでた親方さんは私に大層感謝したそうな。でもその感謝の表現が、背中バンバン叩きまくるという行動なのはちょっとどうかと思います。本気で痛いです。いや、その後またミスリルくれたからいいんだけどね……。

でも親方はもうちょっとちゃんと子育てを頑張ったほうがいいと思います。ほんとに。

◇

なんて考えてるうちにギルドにとうちゃーく！　朝ご飯食べてすぐくらいの時間だから物凄い混んでるわ……これが朝のピークタイムか！　いや、工房は朝が早いからね。朝ご飯食べるのも早いんだよね。でもそれから移動したから一番混む時間にぶつかったっぽい？　ちょっと失敗したなあ……。

入り口からロビーにあたる部分に入っていくと、こっちを見てぎょっとする人が結構いる。……うん、ノルンがね、大きいからね。

ここ最近でメキメキと大きくなったんだよね、２匹とも。このところ色々料理を食べさせたせいかな？　ベルはもう大型犬の成犬くらいのサイズになったし、ノルンはもう私より大きい。大型の虎？　体長３ｍくらいかな？　もう少し大きい？　私が余裕で乗れるくらいのサイズ。うん、大きいよね……そりゃ皆驚くよ。

「なんだあれ……」

「グレーターウルフ？」

「いや、でか過ぎるだろ」

「じゃあれなんだよ」

「知らねーよ、俺に聞くな」

「あの小さいのがあの狼《おおかみ》のテイマーか？」

うーん、視線が痛い。さっさと資料室に逃げよう。フードを深めに引っ張ってさっさと階段に向かう。

ここの資料室は二階にある。無料で開放しているとはいえ貴重な資料なので、司書さんも2名常駐している。ハルーラの資料室はここよりもずっと狭くて司書の人も一人しかいなかったので、そこは流石の王都ギルド。人手も多いんだろうねえ。

「おや、おちびさん。駆け出しの冒険者かな？　薬草の資料かね？」

2人いる司書さんのうち、おじいちゃんのほうが声を掛けてきた。ちなみにもう一人は若いおねーさん。顔は……失礼ながら、まあ、普通？

「いえ、別の資料を探しに」

「ほう……なんの資料かな？」

「魔法の武器について書かれてるものはありますか？　魔力剣とか魔剣とか」

「おやおや、駆け出しなのにもう魔剣かね。まあ、色々な事に興味を持つのはいい事だけどね。ええと、魔剣ね……」

いや、いうほど駆け出しでもないはずなんですけどね……。でも、冒険者になってまだ1年も経ってないしまだまだ駆け出し？　だけど一応既にEランクだし……まあなんでもいいか。

「うーん、魔剣や魔法の武具に関しての資料はそっちの一番端の棚の奥の方だね。とはいっても、ここは冒険者ギルドだから、鍛冶ギルドや錬金術師ギルドと違ってあまり詳しい資料は無かったはずだよ」

「ありがとうございます。何も無いよりは全然マシですから、助かります」

うん、何もわからないよりは何かしらわかる分、全然マシ。というわけで一番端にある棚の奥へ移動。ノルン達も私の後ろをのしのしと付いてくる。床がちょっとミシミシいってるけど、大丈夫かなコレ？

えーと、それっぽいタイトルの本が……2～3冊？　取り敢えず全部持って更に奥の書見台まで移動。ちなみにこの書見台、お一人様用ではなく複数人が並んで読めるような仕様で、斜めになったテーブルって言ったほうがわかりやすいくらいには簡易な造り。ここの資料室、羊皮紙の本と植物紙の本が交ざってるから読むためのテーブルも書見台風なんだと思う。まあ私は別に、読めればなんでもいいんだけど。

というわけで早速読んでみる。えーと……なるほど。次。うーん……へえ。はい次。ふむふむ……うん、なるほど。ぶっちゃけ1冊目と2冊目はそこまで内容に大きな差は無かった。

1冊目は有名どころの魔剣・聖剣について。有名な聖剣、魔剣の名称と、代々の所有者、そして現在の所在。後は言い伝えられてる付与などの能力？　過去に高レベルの【鑑定スキル】を使って調べたものであればそれを、鑑定されていないものに関しては近くで見てた人達による付与された能力の推測などが書かれている。

2冊目は過去に聖剣や魔剣の使い手で有名になった人の話。これはあんまり有用な感じではなかった。1冊目と被る内容が多かった。

3冊目は代表的な、というか比較的付与されてる事の多いスキル。これが当たり。ぶっちゃけ、私が知りたかった内容だった。

付与されたスキルは、人間が覚えるものと同じで10段階のレベル表記。付与された属性魔法も同様。

よくある付与スキルとしては、装備そのものの強化では【攻撃強化】【耐久強化】【重量軽減】等。所有者のステータスを強化するものでは【腕力強化】【敏捷《びんしょう》強化】【魔力強化】等。スキルを強化するものだと【属性強化】【属性耐性】等。後は特定の魔物に対して攻撃力が劇的に上昇する【特効】系。滅多にないレアなものだと【幸運】【身体強化】等々……他には敢えてデメリットのあるスキルを付ける事で他の効果を高めたりする、なんていう武器もあったらしい。

まあ、あれだよ。【創造魔法】スキルで無理やり魔剣とかを造る時、どういうスキルがあるのかわからなかったらそれもできないからね。どういう付与スキルがあるのか知りたかったからそれを調べたかったんだよね。でもまあ、これでなんとかなりそうかな?

ちなみに、魔力剣や魔剣を手に入れる方法は基本的に2種類。造ってもらうか拾うか。

造ってもらう場合、造れる職業は2種類。鍛冶師か錬金術師。

鍛冶師の場合、代々それらを造る秘伝の技法を受け継いだ鍛冶師に造ってもらう。ただ、本職は鍛冶師なので付与自体はそこまでレベルが高いものは付いていない。でも付与スキルを除いた場合の剣自体の性能は、鍛冶師の腕にもよるけど、基本的には高い。そもそも、魔力剣や魔剣を造れるだけの鍛冶師は鍛冶スキルのレベル自体が高いから、それは当然と言えば当然。

錬金術師の場合、用意された剣に付与を施す事で普通の剣が魔剣になる。この場合だと錬金術師の【錬金術】系のスキルレベルが高いほど強力な付与が施せる。

ただし後付けで付与を施した魔剣の場合、その剣を造ったとして名が売れるのは大抵の場合は錬金術師のほうになる。なので、あとで付与するから剣を打ってくれと言われると、鍛冶師からは普通に嫌がられる。ちなみに黙って後から付与してもらったりした場合、それがばれるとその剣を買った剣士はそれ以降、鍛冶師達に剣を打ってもらえなくなったりするそうな。とはいえ、そういう用途で使うからと説得して剣を打ってもらうのは本当に苦労するらしい……。

次は拾う場合。これはダンジョンで拾う。

ダンジョンというのは、神の用意した修練場らしい。ダンジョン自体は色々なタイプがあるらしいんだけど、共通してるのが『特殊な魔物が出る』『宝箱が落ちてて、回収しても一定周期で再出現する』『稀《まれ》にスキルを習得したりステータスを向上させる魔法陣がある』という三つ。

ここで言う特殊な魔物というのはダンジョンにしか出ないというわけではなく、倒した後に死体が残らずに霧になって消えてしまう、という点で特殊。ちなみに倒した時にアイテムを落とす。ゲームかよ。

で、魔剣を拾うというのは、このダンジョンで宝箱から手に入れる、という意味。宝箱は階層ごとにある程度個数が決まっていて、回収した後はランダムで同じ階層のどこかに再出現するらしい。再出現の周期はダンジョンごとに異なる。

ちなみにダンジョンが神の用意した修練場だというのは、過去に神様がそういうお告げを下したのでそういう事になってるそうな。実際、三つ目の『稀にスキルを習得したりステータスを向上させる魔法陣がある』という、この魔法陣の存在があるので否定もしづらい。

この魔法陣でのスキル習得は、本人にそのスキル適性が無くても覚えられるため、才能が無い凡人が成り上がるにはダンジョンに行くのが鉄板コースになっている。後は宝箱からスキルスクロールという使い捨てのマジックアイテムを手に入れるとか……とはいっても強力なスキルも強力な武具も、より深い階層に潜らないと手に入らないわけだけど。


って、また話が逸れた。

ただし、このダンジョンで手に入る魔剣にも欠点があったりする。それは『付与されたスキルが有用とは限らない』という事。

たとえば短剣に【重量軽減】が付いていてもあまり有用ではない。

【重量軽減】は使用者のみに効果がある付与で、攻撃自体には元々の重量が乗る。この付与スキルのレベルが高いと、馬鹿でかいメイスを片手でぶんぶん振り回すとかいう無茶も可能になる。そのため、どちらかといえば重装系の装備に付いているほうが役に立つ。両手剣とか両手斧《おの》とかロングスピアとかメイスとかフルプレートとかラージシールドとか。

他にも武器に【耐性】系のスキルが付いてたり、その逆に防具に【攻撃】系のスキルが付いてたりと、時々大外れなスキルが付いてる事があるそうな。

ちなみにそんながっかり武器で有名なものだと『聖剣　粗悪な鉄の両手剣』というものがある。

聖剣というのは本来それだけで相当に強力な武器なんだけど、このがっかり聖剣は、鍛えた鋼鉄ですらない普通の鉄製の両手剣で、しかも品質は最低ランク。その上【神聖属性ＬＶ１】以外の付与は何も付いていない、というもの。【攻撃強化】とはいわないにしても、せめて【耐久強化】が付いていればまだ使い物になるんだろうけど、この剣はそれすらない。まさに宝の持ち腐れで箔付《はくづ》けと儀礼用以外に使い道が無いという……ちなみにどこぞの国の宝物庫に国宝として収蔵されてるそうです。切ない。


うーん、付与は奥が深いなあ……なんてしみじみしていたら声を掛けられた。

「あれ？　レン？」

「トリエラ？」

そういえば最近はよくここに来てるんだっけ？

０８３　ボスパレードとかボスラッシュとか、割と嫌いじゃないです

資料室で調べ物をしていたらまさかのトリエラと遭遇！　っていってもそもそも最近はここに勉強しによく来てるって言ってたし、当然といえば当然なんだけど。

「こんなとこで何してるの？」

「ちょっと知りたい事がありまして、少し調べ物を」

「なに？　……魔剣？」

「魔剣というか、魔剣や魔力剣ですね」

「……まさかとは思うけど、造るの？」

「ええ、まあ。ちょっと試してみようかと？」

「…………」

いや、そんな変なものを見るような眼で見られても困る。

「……まあ、レンだし……」

あれ？　もしかして酷い事言われてる？　でも、実際普通に考えてみればこの歳で魔剣を造るだ

のなんだの言ってたら異常でしかないか。むーん。

うん、取り敢えず話題を変えよう。

「トリエラはいつもの勉強ですか？」

「うん、勉強。文字読めるようになったしね。一緒に来てる他の女の子達とか、馬鹿どもにもちょっと教えたんだけど、レンみたいに上手く教えられなくて……人に教えるのって難しいねぇ」

「そういうのは慣れですよ」

「うーん、頑張るしかないかな……」

「それで、今日は何の勉強を？」

「今日はっていうか、基本的にずっと薬草の事かな。色々な種類がわかってれば、たまたま見つけた時とか便利だろうし。後は薬草で傷薬とか作れるようになれたらいいなーって思ってるんだけど、そういう調合っていうの？　やり方とかは流石にここにはあんまり無くてねー」

「傷薬の調合となると、【調薬】スキルですね」

「一部の薬草の応急処置的な使い方っていうのは見つけたんだ。試しにやってみたら思ったよりも効果があって驚いた。これで何かあった時に余計な出費が少しは減らせるかも？」

「なるほど」

【調薬】スキルは薬師が薬を作る時に使うスキル。【調合】は錬金術師がポーションとかの魔法薬を作るスキル。【調合】はＭＰも使ったりするので、似ているようでちょっと違う。

「流石に薬のレシピは薬師ギルドに所属しないと難しいと思いますけど」

「そうだね。でも応急処置ができるだけでもかなり違うと思う」

「いざという時に選択肢が多いのはいい事だと思います」

「だよねー。あ、そういえば一昨日別れた後、ステータス見てみたら色々覚えてたんだ！　【魔力感知】がＬＶ２になって、【魔力操作】がＬＶ１で新しく覚えてた！」

「おおー」

「あとね、属性魔法も覚えてたよ！　火と水と風と土！　それでね、最初から水がＬＶ１だった！　他のは全部０だったけど……」

「凄いじゃないですか！」

「ありがと！　それで早速水を出せるか試してみた！　あれ、結構疲れるね」

「慣れないうちは皆そうですよ。何事も慣れです」

「なるほど。あ、それで、水が出せるようになったから宿屋で身体拭く時に水汲《みずく》みに行かなくてもよくなったんだよね！　これもレベルが上がったらお湯とか出せるようになるんだよね？　そうなるとお金払ってお湯持ってきてもらわなくてもいいようになるし、他にも使い道あるから色々節約できるよね！　頑張ってお金貯めないと！」

「頑張ってますね」

「そりゃ頑張るよ！　頑張った結果、レンはちゃんとやってるんだからね！　負けてられないよー」

……頑張ったっけ？　いや、頑張ってはいるけど、ここまで言われると変な罪悪感が湧いてくるんだけど。


「ああ、いた。トリエラ、これはなんて読むんだ？」

「あ、マリクル」

って、トリエラと話し込んでたら誰か来た。っていうか知ってる顔が来た。

「おう。それでこれ……って、誰だ？」

「あー、いやこの子はー、えーと」

「……もしかして、レンか？」

「はい」

彼はマリクル。私達と同じ孤児院にいた男子の一人で、ケインの友人でもある。というかトリエラと並んでケインを諫《いさ》められる貴重な常識人枠。

ちなみに私よりも一つ年上なので、今は12歳かな？　顔は純朴そうというか、ちょっと鈍そうというか……争いごとが苦手そうに見える。実際にはそんな事は全然ないんだけど。ついでに背が高い。私よりも頭一つくらいは大きい。

「……やっぱり生きてたのか。なんとなくそんな気はしてた」

「そうなんですか？」

「ああ。それに最近のトリエラとリコリスの様子もおかしかったし、もしお前が生きてたら、なんて考えてはいた。まさか本当に生きてて2人と逢引《あいびき》してるとまでは思わなかったけど」

逢引って。

私は彼と普通に話してるけど、彼は孤児院で唯一私と友人関係にあった男子でもある。幼年組は弟枠で保護対象なので友人とは言わないからそこのところ、注意ね。

マリクルはとにかく優しいのだ。誰かが困ってると手助けしてくれる。だからトリエラと2人、幼年組からは非常に慕われていた。

そんな彼に私は恩がある。私がケインにいじめられてる時に助けてくれていた唯一の男子が彼なのだ。他の男子？　ケインにビビッて遠巻きに見てるか、ケインの取り巻きやりながら泣いてる私を見て笑ってたよ。あいつらも絶対に許さん。

話が逸れた。とまあ、そういった経緯もあって私と彼は友人関係になっているのだ。

「という事は、最近になって急にトリエラとリコリスが読み書きできるようになったのは、レンの仕業か」

悪い事をしたような言い方はやめてくれませんかね。

「読み書きできると便利でしょう？」

「まあな。俺も2人に教えてもらってちょっとだけ読めるようになった。他の3人は、まあ、お察しだけどな」

「相変わらずなんですか？」

「もう少し真面目に覚えればいいのに、とは思う」

ちなみに他の３人っていうのは一緒に来た総勢８名中、男子４人のうち、マリクルを除いた３人の事だろう。このマリクルの言いようだと残りの女子はちゃんと真面目に覚えようとしてるんだと思う。

「ケインは相変わらず覚えが早い。それで天狗《てんぐ》になって途中から適当になってる。後は、ボーマンもちょっとアレだけど、特にリューが酷い」

ボーマンとリューというのはケインの取り巻きだった男子の名前だ。

ボーマンは中肉中背だけど力が強かった男子。私と同い年。力仕事は率先してやってた気がする。それ以外は要領良くサボっていた。

リューはケインの一番の舎弟。私の一つ下。ちなみにケインを上回る素材でもある。馬鹿的な意味で。孤児院のキング・オブ・バカの名をほしいままにしていた逸材だ。コイツ大嫌い。

そしてケインとボーマン、リューの３人で三馬鹿と呼ばれていた。

「１年以上経っても相変わらずの三馬鹿ですか」

「申し訳ない」

そんな三馬鹿の監視役がこのマリクル。優しいせいで押し付けられたとも言う。まさしく苦労人である、可哀想に。

なんて話し込んでたらいきなり後ろから抱きつかれた。おお、誰だ？

「レンちゃ」

「クロ？」

「レンちゃ、レンちゃ、生きてた。生きてた、レンちゃ」

舌足らずのこのちみっ子はクロ。黒猫族の獣人の女の子。私の一つ下。黒猫族というだけあって、髪の色は私と同じ黒髪でおかっぱ。瞳の色も黒。私の目の色は金色なので、目の色を除くと私と配色が似ている。お陰で2人でいると姉妹に見られた事もよくあった。私には猫耳も尻尾も無いのに。

「トリエラ、話してなかったんですか？」

「なかなかタイミングが無くて……ごめん、クロ」

「いい。レンちゃ、ここ、いるから」

「元気でした？」

「うん、元気」

あたまなでりなでり。はー、癒やされる。リコが妹枠ならクロはペット枠。癒やし系である。

「ちょっと、みんな固まって何して……レン⁉」

「アルル、うるさいですよ。ここでは静かにしないとダメでしょう？」

「ごめんなさい……って、そうじゃないでしょ⁉　生きてたの⁉」

「ええ、まあ」

更に追加来たー！

ピンク色の髪のこの子はアルル。私の……ヒーロー枠？　私がケインにいじめられてるとどこからともなく走ってきてケインに飛び蹴りを食らわせていた暴力系武闘派女子。ついでにちょっとツンデレ。助けてくれたお礼を言うと『べ、別にレンのためじゃないんだからね！　勘違いしないでよね！』と、テンプレを披露してくれるのだ。あ、この世界、物凄い色の髪とか目とか、普通にいるからね。

って、ちょっと⁉　後から後から知り合いが出てくるんだけど、まさかケインも一緒に来てたりしないよね⁉

「大丈夫だ、レン。ケインは今日は来てない」

私の考えを読んだのか、マリクルが教えてくれた。今日の午前、資料室に来てるのはこの４人。私が資料室の事を教えてからは午前と午後で４人ずつ分かれて勉強していたらしいんだけど、最近は読み書きができるようになったトリエラとリコが午前午後それぞれに付いて勉強しに来るようにしているらしい。

それぞれのメンバーを決めるのはじゃんけんらしく、今日のリコは三馬鹿の面倒を見る羽目になって涙目だったとかなんとか。絶対あの３人、真面目に勉強しないよね……ちなみに午後チームは14時くらいになったら切り上げて薬草採取に合流するらしい。

「……というわけだから、もうそろそろケイン達が来る時間だ。会いたくないなら逃げたほうがいいぞ、レン」

「ええ？　折角会えたのに、もう帰っちゃうの⁉」

アルル。

「レンちゃ、やだ」

クロ……。

……どうしよう？　馬鹿どもには会いたくないけど、久しぶりに会った2人が放してくれそうにない。アルルはマントを摑《つか》んで放しそうにないし、クロはしがみついたままだし。

「んー……」

いい事思いついた。

「みんなは午後の4人に顔を合わせなくても平気ですか？」

「普通に行き違ったりもするから、必ず顔を合わせないといけないって事はないけど……」

「じゃあ、この5人で採取に行きませんか？」

「レンも含めた俺達5人で？」

「はい。積もる話もあるでしょうし……」

「いいね！　そうしようよ！　ね、いいでしょ？　トリエラ！　マリクル！」

アルルは乗り気、クロは……しがみつく力が強くなった。トリエラは渋い顔してる。私の心配でもしてるんだろう。

「レン、いいのか？」

ぶっちゃけた話、この面々と付き合いが続くようになれば、いつかはケインと会う事になるとは思う。でも、だからといってみんなと疎遠になりたくはないわけで。

「言い出したのは私ですよ」

いずれは会う事になるんだから、ケインに会う覚悟はしておこうと思う。でも取り敢えずはこの3人にも会えたこの機会を大事にしたい。というわけで、トリエラ？　と、トリエラの顔を見る。

「……はあ、仕方ない。そうと決まれば早く移動するよ！　ほら、アルルもクロもレンの事放して！　早く早く！」

「いいのか、トリエラ」

「仕方ないでしょ！　あんたもレンの事三馬鹿に言わないようにしてよ！」

「……善処する」

そこは断言して欲しいところですよ？

０８４　肉を食え、肉を

　ってなわけでギルドを出て大通り移動中。ぎょっとしてこっちを振り返る人々。ノルン目立ち過ぎぃ！

「毛皮の置物かと思ってたけど、まさかお前の従魔だったとは」

　マリクルは資料室で話し込んでる時から気になっていたらしい。アルルはびびってるのかちょっと距離を取ってたり。クロはベルに触ろうとしては逃げられている。

「この子達がいなかったら私は死んでたと思います」

　そういう事にしておく。いや、死にはしなかったとは思うんだけどね。でもその場合はとんでもなく苦労していたと思う。もうほんとノルン大好き。だからもっともふらせろ。

　のっしのっしと歩くノルンを引き連れて移動してる途中、皆が屋台で串焼き肉を買っていた。お昼ご飯用らしい。後は固そうな黒パン。

　なんとも言いがたい表情で見てしまったらしく、色々教えてくれた。

「つい半月くらい前までは常にお腹空かせてたけど、今は収入も増えてそれなりに食べられるようになったんだ！」

「前はこのクソ固いパンだけだった。今は毎食もう1～2品は買えるようになった。お前がトリエラに色々入れ知恵してくれたお陰だ、感謝してる」

「孤児院にいた時からそういうところあったけど、やっぱレンは凄いっていうかおかしいと思う！　たった1年ちょっとでここまで色々覚えてるとか、一体何やってたの？」

アルル酷くない？　でもまあ、色々やってました。うん、色々とね。でも説明できない事も多いので、お得意の曖昧な笑み。ニッコリ。

とまあそんな事を駄弁りながら門の外へ。そのまま歩きながら昼食も取る。行儀が悪い？　いやいや、時間の短縮ですよ。街中の移動中に食べないのは人にぶつかって落としたりした事があったかららしい。なるほどなー。

ところでさっきから気になってたので聞いてみる。マリクルが背中に木の板背負ってるんだよね。なんで木の板？

「ああ、これは盾代わりだ」

おお……木の盾。ていうか板に取っ手つけただけにしか見えない。あれだ、壊れたドア板？　なんかちょっと強い体当たりとか受けたら割れそう。

「これでも何度かゴブリンから逃げおおせてる。俺は一番身体が大きいから将来的には盾役をやろうと思って」

一応将来的なパーティー内での役割とかは皆で話し合って決めてあるらしい。ふむー。

ちなみに、一番体格のいいマリクルは最初は両手剣とか重量系の武器を使おうと思ってたらしいんだけど、三馬鹿が全員剣を使いたがった結果、防御担当になる事にしたそうな。実際問題、盾役は身体ががっしりとしてるほうがいいし。

今の予定だと前衛は男子で固めて、マリクルが盾で抑え役、ボーマンが両手剣、リューとケインが片手剣と小盾装備で、ケインは前衛の指揮も兼ねる予定。

後衛は女子4人で、武器に関してはまだ未定との事。投擲《とうてき》武器は消耗品なのでコストが高くなってしまうため、悩ましいらしい。索敵役候補はなんでも器用にこなせるトリエラか、身軽な黒猫族のクロか、そのくらいしか決まってなかったらしいんだけど、リコが魔法を覚えたのでアルルとクロも何かできるようになりたいと色々悩んでる模様。何を割り振るにしても後衛の指揮はトリエラで決まってるそうな。

なんて色々話しながら両手にパンと串焼き肉を持って食べながら歩いてるんだけど、見てて危なっかしい。クロが今にも落としそう。

「ちょっといいですか？」

「んう？　レンちゃ？」

黒パンを貸してもらってナイフで横に切って二つに割る。次に串焼き肉も受け取って肉を串から外して挟む。ついでに手持ちの葉野菜も追加してみる。タレとかは元から肉に付いてるから、別に無くてもいいかな？　これでハンバーガーもどきのできあがり。

「はい、どうぞ。これで食べやすくなったと思います。落とさないように気をつけてくださいね」

「レンちゃ！　凄い！　美味しい！」

うむ、いい笑顔です。癒やされるわー。

「ちょっと、レン！　クロだけずるい、私のもやって！」

「……すまん、俺も頼めるか」

アルルとマリクルの分もやってあげる。最後にトリエラの分もやってあげたら何故か苦笑された。

「相変わらずよく思いつくというか、面倒見がいいというか」

「性分です。面倒見がいいのはトリエラとマリクルもでしょう?」

「それを言われるとね」

私ももそもそとサンドイッチ食べながら駄弁る。私も具は肉系のサンドにしてみた。

「あー、美味しかった！　今度から屋台で買った時にその場でパンに挟んでもらおうかな？　街の外まで串焼き肉持って歩くのも途中で落としそうだし！」

多分それをやってもらうと、そのうちその屋台でそういう食べ物を売り出すようになると思う。いや、まあ、別にいいけどね……とはいえ一応伝えておく。

「むむむ、商売のネタになるのか！　悩ましい！」

アルルは、お金を貯めて将来的に冒険者を廃業した後、それを元手に商売をしてみたいとかなんとか。いつまでも冒険者をやっていられないというのはわかる。

「それにしてもレンの食べてるそれ、前にトリエラが持ってきてくれたやつでしょ？　あれ、美味しかったなー」

「あれ美味しかった、ありがと、レンちゃ」

クロ、食べ終わってないのに抱きつこうとしないで、ちゃんとしっかり食べてからにしようね？

「……レンのお陰でこうしてたまには肉を食えるようになったけど、もっと食えるように頑張らないとな。あの３人もうるさいし」

「だよねえ、もっといっぱいお肉食べたーい！」

トリエラが何気に顔を逸らしてる。うん、トリエラは時々私が食べさせてるからね。すまんね。

しかし、肉か……。

「角兎《つのうさぎ》は、狩ってないんですよね？」

「ああ、狩ってないな。武器も防具も揃《そろ》ってないし。あれが安定して狩れるようになれば肉の自力調達はできるようにはなるんだが、孤児院にいた頃も農家のおじさんとか毎年怪我してたり、たまに亡くなったりしてただろう？　だから、俺達は無理はしないって方針だ。リューとボーマンはうるさいけどな」

「あの２人は特に馬鹿だから、ほんと困るよ。リコとクロを見習えっての！」

ちんまい子もいるので安全策をとってるらしい。リューあたりが『だからこんなチビどもつれてきたくなかったんだ！』なんて言ってるらしいけど、そのチビの中に自分が入ってる自覚は無いらしい。流石バカ王。

うん、よし。ちょっと色々思いついた。お節介かもしれないけどここにいるのはみんな私の大事な人達だし、みんなでお肉を食べようじゃないか。ただし三馬鹿は除く。リコの分は後で持っていってもらおう。

◇

と決めたところで森に到着。まずは準備せねばなるまい。準備が終わるまではみんなに薬草採取していてもらおう。

というわけでいつものテントを取り出す。

「な、なに……!?」

いきなり現れたテントに言葉をなくしているところ悪いけど、まだまだ続くよ。

「4人とも集まってください。ダガーを配ります」

「え？　ダガーって、リコが持ってたあのなんか凄い切れ味のやつ？」

「あれ、ケイン達が欲しがってたな……」

「っていうか、もしかしてあれ造ったのってレンだったの!?」

みんなぼろぼろのナイフしか持ってなかったので、採取用にダガーを配布する。ついでに砥石《といし》も渡しておく。

「あれ？　私も？」

「トリエラもです。トリエラ、その剣で薬草採取やってるでしょう？」

「それは、うん」

やりづらいじゃん。とはいえ、前に剣を押し付けた時に彼女のダガー取り上げたのは私なんだけどね。

「そのダガーは皆へのプレゼントです。三馬鹿の分はありません。もし何か言ってきたら親切な冒険者にもらったとでも言ってください」

「……相変わらずレンはあの3人には手厳しいな」

あの3人は別に友達でもなんでもないからね！

「私は少しやる事を思いついたので、4人は薬草採取してってください。準備ができたら呼びます。ノルン、ベル、周囲の魔物を蹴散らしてみんなの安全確保してね？」

「わふっ！」

「うぉふっ！」

これでよし。工作開始である。

今回造るのは盾2枚と槍《やり》を数本。皆が安全に角兎狩りができるようにするのだ。重要なのはメンテが簡単である事と、今後も武器の自作による自給ができる事。尚且つ製法が簡単なら更に良し。

まずは槍。材料は角兎の角と、丈夫な角材。どちらも【ストレージ】に大量に余っている。

角兎の角、これは自作する上で材料の確保が容易だから。狩る対象は角兎で、狩れば狩るほど材料が溜《た》まる。基本的に消耗品程度のものを考えているので、壊れたら新しく造ればいい。何よりも角兎の角は固くて丈夫。チェスの駒とかにも使われている。使い捨ての武器には十分。ちなみに私の箸もいくつかはコレ製だったりする。

角の根元、付け根側を大きめのピンバイス的な工具をいくつか作って、ごりごりと穴を開けて中空にし、更に横側からもロープを通すためにやや小さめの穴を開ける。丈夫な角材も握りやすいように円柱状に削って、先端の方は横からロープ穴を開ける。角の根元側の穴に刺し込み、これまた丈夫なロープを横穴に通してがっちり固定。【身体強化】で腕力底上げして緩まないようにしっかり固定する。

軽く振り回してみたり木を突いてみたりして確認。うん、しっかりしてる感じ。長さ的にはショートスピアくらいかな？　長過ぎても邪魔だし。穂先が角なので突きしかできないけど、急所を狙うとか大人数で黒ひげ危機一発ごっこする分には問題なさそう。

3本目を造ってるあたりでマリクルが私の背中側から肩越しに、興味深そうに私の手元を見ていた。薬草採取はどうした。

でも丁度良いか。ついでだし、今後のためにここでマリクルに造り方を覚えてもらおう。

「……意外と簡単に造れるんだな」

「造り方は覚えました？　でしたら一つ造ってみてください」

「俺がか？」

「今後は自作してもらいます。材料はこれから勝手に余るでしょう。マリクル、角兎の解体とかはできましたよね？」

「なるほど、そういう事か。任せろ」

私の考えを理解した模様。穴開け用の工具も渡しておく。

「返さなくていいです。そのまま持っていってください」

「いいのか？」

「無いと造れませんよ」

「そうだな、わかった。ありがとう」

この辺、マリクルは変に遠慮しない分、いちいち問答しなくて済むので気楽で助かる。

「……こんな感じか？」

「私の造ったものと使い比べてみて、問題が無いようなら大丈夫です」

「……大丈夫そうだ」

振り回したりその辺の木を突いてみたりして使い勝手を見た感じだと問題なさそうで、マリクルは何度か頷《うなず》いてる。

「角材はしっかりとした、固くて丈夫なものを使うようにしてください。下手にケチると簡単に折れて死にます」

「わかった」

次は盾。予備も含めて2枚は造っておこう。予備という名目だけど……癪《しゃく》だけど、2チームで狩ったほうが効率もいいだろうから、三馬鹿の誰かが使うと思う。むかつくがそこは諦める。女子がお腹空かせないためには仕方がない。

適当な木の板を数枚用意、長方形にカットして、紐《ひも》で繋《つな》いでそれを数枚造る。その表面にオークのなめし皮を張り付けて固定していく。次にそれを3枚ほど重ねて更に固定して縁とかもがっちり補強。裏側に腕固定用のベルトと持ち手をつけて完成。

あっという間に盾ができあがっていく様子にマリクルが目を丸くしている。【木工】も【革加工】もLV8だからね、そりゃ早いよ。

「こんなところでしょうか……着けてみてください」
「俺がか？　2枚あるのはなんでだ？」
「予備です。……まあ、誰かが使っても文句は言いませんよ、一応」
「すまん……」

私の心情を察してくれたらしい。ともあれマリクルが盾を装備して装着した腕を回したりしている。

「どうです？」
「いや、凄いなこれ。軽いって事はないけど、重過ぎない。それに造ってるところを横で見てた感じだと、かなり頑丈だろう？」

「丈夫には造ったつもりですけど、木の盾や皮の盾はどちらかというと消耗品ですから、もし壊れたら無理に使わないで次はちゃんと店で買ってください」

「わかった。それで、次はどうするんだ？」

まあ、呼ぶ前に既にみんな集まってるからね、呼ぶ手間が省けたとは思うんだけど、なんだかなあ。

「これから皆で兎を狩ります。自力で肉を確保できるようになってもらいます」

「お肉！」

「にくー！」

アルルとクロの目が怖い……。

「マリクルが盾役です。角兎の突進を受け止める役です。でも、受け止めるだけではなくて、受け流したり、逆に盾で押したり叩《たた》いたりもしてみてください」

「シールドバッシュとかチャージとかいうやつか……つまり、肉の確保と同時に、俺は兎相手に盾の取り扱いも覚えろという事か？」

「……ものわかりが早くて助かります。将来的に盾役をやるのであれば、今のうちに取り回しを覚えたほうがいいと思いますので。いきなり重い金属盾で、重さに慣れるのと取り回しを覚えるのを両方同時にやるよりは、今のうちに取り回しを覚えて、後は重さに慣れるだけのほうが楽だと思います」

「そこまで考えてくれてたのか……すまん、助かる」

「3人は、マリクルが兎を抑えて無力化、あるいは安全に攻撃できる隙を作ったら、この槍で刺し殺す役目です。攻撃をする順番やお互いの立ち位置とか、ちゃんと相談して連携を取るようにしてくださいね」

「この槍の先って、兎の角？」

「今後も肉を自給する上で、武器の準備が容易にできるように考えてみました」

「レン……」

トリエラとアルルが潤んだ瞳でこっち見つめてるけど、そんなに気にしないでいいよ？

０８５　若いうちは取り敢えず肉

　そんなわけで４人が角兎《つのうさぎ》狩りをしているのを横で見てたりするわけですが……。うん、まあ、初めてだし……こんなものじゃないかな？

　最初の１匹目はとにかく梃子摺《てこず》った。というかマリクルがまだ盾を上手く使えないのもあって、女子３名が槍《やり》で突くタイミングがなかなか取れなかった。なんとか倒した１匹目は、まあ……穴だらけ。無残な刺殺死体といった具合だ。これも慣れるまでは仕方ない。

「……凄い穴だらけなんだけど」

「食べてしまえばそんなに変わりませんよ」

「それはそうだけど……」

　１匹目を倒したら、森の外に張った私のテント近くの木に吊《つ》り下げて血抜き。真下に穴を掘ってそこに血を落とす。解体したらこの穴に内臓も捨てて穴を埋める。森の中で血抜きとか解体とかやると他の魔物や獣が集まってくるので、面倒でもいちいちこうしている。さっさと済ませればそれでいいんだろうけど、何にしてもみんなはまだまだ素人だし。

血抜きと解体が終わったら2匹目を探すために再び森へ。ちなみに解体が終わった素材の収納に関しては私が革袋を進呈した。毛皮、肉、角ごとに別の袋に仕舞う。革袋はひとまず私のテントに保管。ちなみに骨は私がもらう事にした。後で出汁でもとろうかなー、って。

2匹目は1匹目よりも慣れたようで、マリクルが受け流しながら地面に叩《たた》きつけて隙を作り、そこに3人が槍を突き込んで勝利。慣れるの早いね、君達。

2匹目の解体も手早く済ませて3匹目、4匹目、5匹目と順調に狩っていく。膨らみを増す肉袋に目を輝かせる面々。うむ。

ちなみにこんなにバカスカと調子よくたくさん狩れてる理由は簡単で、ノルン達が勢子《せこ》をしてくれてるからだったり。流石のノルンである。え？　私は何してるのかって？　そりゃ、皆が頑張ってる横でハーブとか薬草とか集めてるよ。この後、焼いて食べるつもりだから、簡単な調理法を教えるためにもこれは必須。決してサボってるわけではない。調味料も買うと高いしね。

そもそも私に白兵戦闘能力を期待するほうが間違ってるよ。前世では割と普通に運動神経良かったほうだったんだけどねえ……どうしてこうなった。

6匹目ともなると、早くも急所を狙い始めた。毛皮も売り物になるし、というか売るにしても売らないにしても穴が開いていないほうがいいに決まってる。

7匹目でとうとうシールドバッシュが炸裂《さくれつ》。木の幹に叩きつけられた兎が地面に落ちる前に槍で突いて、木に縫い付けられてそのまま息の根を止めた。

　ちなみに角兎は割と普通に大きい。頭から尻尾までで40cm前後はあるので、たった1匹でも結構肉が取れる。というか、こんなにたくさん獲っても今はまだ8月だから、常温で置いておいたらすぐ悪くなっちゃうんだけど……ちょっと考えておこう。

「これで8匹目か？」

「すごい！　おにくたくさん！」

「どうする？　まだ狩りに行く⁉」

　うーん、最近私が餌付けしてるトリエラ以外の3人が凄い活気付いてるんだけど……この辺でやめさせようかな。

「ストップ、今日はもうこのくらいにしておきましょう」

「え⁉　まだいけるよ⁉」

「たくさん取り過ぎても腐らせますよ？」

「あああああ、それもそうだー⁉」

「売るのも手かとは思いますが、ちょっと考えもありますので、多分大丈夫です」

「ほんとに⁉」

「はい。なので、今日は取り敢えずここまでにして、早速食べちゃいましょう」

　肉は熟成させたほうが美味しいんだけど、そんな事までいちいち考えてたら面倒くさいので、獲れたて新鮮なまま食べる。1匹で2人がお腹一杯になるくらいの量にはなるはずだから……取り敢えず3匹分使う事にしよう。

「トリエラ、アルル、クロ、手伝ってください。マリクルは木を削って串を作ってください」

「わかったー！」

「頑張る」

「任せろ」

土魔法で簡単な竈《かまど》を作り、枯れ木を集めて火おこし。更に土魔法で調理台も作って表面を【洗浄】で綺麗《きれい》にし、3人に包丁を渡して肉を一口大にカットしてもらう。香草焼きにするつもりなので、集めたハーブも刻む。そしてカットした肉、刻んだハーブと塩を鍋に突っ込んで掻《か》き混ぜてなじませる。

「この草、料理に使えるんだね」

「乾燥させれば日持ちしますから、あとで集めておくといいですよ」

うーん、今後も自炊するとしたら必要だろうし、塩を2kgくらいあげたいんだけど、重いし邪魔になるかなあ……渡すなら街に帰ってからかな？　私はトン単位で【ストレージ】に入ってるから別に100kgくらいあげてもいいんだけどね。やっぱり収納系のスキルは便利だよね。マジックバッグとか、なんとか皆に用意できないかなあ……。

っと、料理の続きをしないと。少し時間を置いて味をなじませた肉を串に刺して竈で焼いていく。焼けたものから順に食べていってもらう。

「なにこれ、うまっ！」

「レンちゃ、うまー」

「美味いな……」

あまり肉を食べ慣れてない3人は美味い美味いとしか言わない。トリエラと2人で苦笑しつつ、私達も食べ始める。

「うーん、やっぱりレンの料理は美味しいね。でもどうしよう、リコが拗《す》ねる……」

「ここでもう少し作っていって、持って帰りますか？」

「それだと冷めちゃうよね？　折角のお肉だし、できたてで食べさせたいかなぁ」

リコの事で2人でうんうん唸《うな》っているとアルルが思いも寄らない提案をしてきた。

「なら宿で作ればいいんじゃない？　前の宿には無かったけど、今の宿は裏庭に共用の竈があったよ」

「え、そんなのあったの？」

「うん。薪も廃材を安く譲ってもらってるとかで安く使えるらしいから、4人の分の肉持って帰ってそこで作ればいいよ」

「あれ？　宿替えたんですか？」

「あ、レンには言ってなかったっけ？　この間ちょっといい宿に替えたんだ」

前に泊まってた宿では、本来雑魚寝部屋だった所を借りきって使ってたとは聞いていた。これは、他の冒険者が入り込む余地をなくして、持ち物を盗まれないようにするためだったりする。

ケイン達と大人数で固まってるのも安全や防犯のため。田舎から出てきたばかりの孤児なんて簡単に鴨《かも》にされてしまう。そうじゃなきゃケイン達なんかと一緒にいないよ、とはアルルの弁。それでも借りてる部屋は鍵も掛からないし、私物を置いて出かけたら宿の人間から盗まれる可能性だってあったらしい。所詮はその程度の宿だったそうな。だからそういった諸々への防犯も兼ねて、もっと外壁よりも中心寄りの宿に移った、との事だった。

新しく移った宿は、知り合いになった先輩冒険者達や、同じ年頃の駆け出し冒険者達から情報を集めて、信用のあるところを選んだらしい。

食事は別料金で一階が酒場兼食堂になっており、そちらか部屋で食べられる。アルルが言うには裏庭の共用の竈で自炊もできるらしい。身体を拭きたい場合は裏庭の井戸から自分で汲《く》む必要があり、お湯は有料。トリエラ達は4人部屋を二つ借りて男女でそれぞれ分かれて使ってるそうだ。

「一気にグレード上げたんですね」

「いや、それが思ったよりもその宿安いんだ。部屋に鍵も掛かるし、前のところと違って物を盗まれる心配も無い」

それなら安心かな？　正直、今日造ってあげた盾や武器、どうやって保管させるかちょっと悩んでたから。考えなしに思いつきで行動するのは私の悪い癖だよね……。一向に直りそうにないんだけど。

「何にせよ、それなら宿で作ったほうがいいですね。作り方は覚えましたよね？」

「覚えた！　これも店始めたら売り物になるかな？」

そういえばアルルは昔から料理を作るのが好きだったね。

「そうですね、この包丁を1本アルルにあげます。あと、この鍋と、このフライパンも」

「いいの⁉」

包丁と鍋はさっき使ったやつだ。フライパンは鞄《かばん》から出す振りをして【ストレージ】から取り出した。アルルにはパーティーの料理番になってもらおう。やる気のある子に任せるのが一番だ。

「大事にしてくださいね」

「レン、ありがとー‼」

力いっぱい抱きつかれた。くくく、とうとうアルルのデレ期が到来したか……！　昔のテンプレツンデレも悪くなかったけど、デレデレなアルルも捨てがたいのう！　などという私の下心はさておき、鍋とフライパンがあれば料理の幅も多少は広がるはず？

「それでは、切りの良い時間まで薬草採取してから帰りましょうか」

「あ、さっきのハーブ以外にも料理に使えるのってあるの？」

「ありますよ。これとこれと……」

「おおおおおお」

テントも【ストレージ】に仕舞って後片付けした後、食べられる野草なんかも教えつつほどほどの時間まで薬草採取をしてから街に帰る事にした。あ、ちゃんと竈とかは消しておきました。

086　運の悪いジェネラルオーク

「それで、家、借りれそうですか？」

「色々調べてみてはいるけど、もうちょっと収入が増えて安定してからのほうがいいと思う。冬の間はどうしても収入が減るし、ある程度貯めてからじゃないと難しいかなって」

「薪代とかも掛かりますしね」

「あ⁉　薪！　忘れてたぁ……うーん、もっと色々見直してみないとヤバイかも」

　今の宿代が1部屋小銀貨5枚。2部屋で一晩銀貨1枚。前の宿の約2倍。果たして高いのか安いのか……安全面や設備を考えると圧倒的に安いとは思うんだけどね。


　なんて話をしてるのはギルドの買い取り窓口の列だったり。早めに帰ってきたはずがこの混みよう、流石都会は違う。

　今までノルン達のご飯確保に狩りに行ってた時は昼過ぎには帰ってきてたんだよ。その時はスカスカだったんだけど……いやはや、今の時間だとノルンもいるから目立つ目立つ。でも逆にノルン様達がいるから余計なちょっかいをかけてくる連中もいないので、そういう意味でも流石のノルン様である。

ちなみに今回私が売るのは薬草のみ。ノルン達が獲ったと思われる獲物はこっそり私の【ストレージ】に移動済みで、売るつもりはない。

トリエラ達は兎《うさぎ》の角4本と薬草を売る予定。残りの角と肉は今回は全部持って帰るらしい。肉のほうは8人分の晩ご飯にする予定だとかなんとか。

とはいえ先に肉を食べた4人は少なめにして、まだ肉を食べてない4人に多めに食べさせるんだって。三馬鹿の分なんて無視すればいいのに、相変わらずトリエラは人が良過ぎる。

毛皮に関しては私に一つアイディアがあるので、売らない。アイディアが上手くいかなかったら半分売る。残った半分で自分達で練習させる感じで？


「結局、毛皮はどうするんだ？」

「窓口で、毛皮のなめしをしてくれる店を紹介してもらうんです。後は、肉の保存食への加工もしてくれる所があれば、そちらもですね」

「毛皮のなめし？　自分でやればいいんじゃないか？」

「マリクルはできるんですか？」

「……いや、できない。でも、練習と思ってやってもいいんじゃないか？」

「確かに練習しないと【革加工】スキルは覚えられませんけど、今から覚えて冬までに量を集められます？」

「冬までに？　なんでだ？」

「冬前までには家を借りる予定らしいですけど、そこで冬の防寒対策とか考えてますか？」

「なるほど、毛布代わりにするわけか。でも冬まではまだ時間があるし、手数料を考えると自分でできるようにしたほうが良くないか？」

「最終的には自分でできるようになったほうがいいですけど、今は時間を考えると頼んだほうがいいと思います。毛皮はなめしが済んでるほうが高く売れますし、今から貯めていって余るようなら、冬近くになってから売れば今売るよりも高く売れますよ」

「なるほど……最終的には高く売れるわけか」

「それに加工してくれる店を知ってれば、材料持ち込みで毛皮のマントを作ってもらう事もできます。寒い時に毛皮のマントがあれば防寒具としても使えますし、冬以外でも夜営する時にはあったほうがいいと思います」

「……確かに将来的な事を考えると、今から用意するにしてもそうしたほうが無駄は少なそうだな」

「ですがマリクルが言ったように、自分達で皮のなめしができて損は無いですから、毎回1枚は持って帰って練習するのもありだと思います」

「……やり方がわからんのだが」

んー、ぶっちゃけ私も獲物の脳みそ使うって事以外あんまりよくわからんのだけども。なんか他にも方法あるんだっけ？　樹液とか木の煮汁とか？　うん、よくわからん。前世でこういうのネット検索すると、大体脳みそ使う方法が上のほうに出てきた記憶があるんだけど……いやほら、今の私の場合【創造魔法】で済んじゃうから……。

ちょっと『脳みそ使ったなめし方について』をイメージしながら【革加工】スキルを意識して考えてみる。スキルを強く意識して実際にやる振りをする感じだ。こうするとなんとなーくわかったりする時があるのだ。これ、森に引き籠もってた時に発見した裏技ね。

あー……うん、なんとなくわかった。とはいえ、こういう知識も色々貴重だろうから、マリクルとトリエラの耳に口を寄せて小さい声で耳打ち。

「脳みそを捨てないで使うんですけど、まずは……」

細かいところを省いて大雑把かつ適当に説明すると、剝いだ皮の裏の脂質を削って洗って脳みそ塗ったくってしばらく置いてまた削って洗って搾って生乾きになったら伸ばして乾かして仕上げ。という感じ。脳みそはなめし剤として使うわけだから、他のなめし剤があればそれを使ってもいい。あー、そのうち、他のなめし剤とか作ってみようかなあ……。ただ、何にせよぶっちゃけ普通に面倒くさい。お金を払ってやってもらえるなら私はそっちのほうを選ぶくらいには面倒くさい。

やはり【創造魔法】は便利だ。

「手間が掛かるんだな」

「確かに今から練習して数をこなすっていうのは……」

「はい。ですから、今から練習するにしても1枚ずつ試すくらいで十分かと」

「なるほど、だから無駄にしないためにも店に頼むわけか」

「そのほうが確実ですから」

なんて話し込んでたらあまり会話に交ざれないクロとアルがいじけ始めた。やめて、マント引っ張らないで！

「レンちゃ、ひま」

「ねえレン、トリエラ達と話してばかりいないで、何かやってよー」

なにかって、こんなに人が大勢いる所で芸でも見せろとでも？

「レンちゃ、お歌うたって」

「ちょっとクロ、こんな所でレンに無理言わないの！　今だって大事な話してるんだから……」

「むー！　トリエラ達ばっかりずるい！」

うーん、このままだと帰る時にクロが解放してくれそうもない……。仕方ないか。

「では、運の悪いジェネラルオークの歌でも、一つ」

「レン、いいの？」

「このままだと帰る時に放してくれそうもないですから」

「うーん、それはそうなんだけど……ごめん」

「可愛いクロのためですから、仕方ないです」

さて、そういうわけで一曲。あれだ。ハードラックなヒポポタマス的なサムシングだ。

るーる　るーるる　るーるるるーるーるー。
るるるーる　るーるる　るーる　るー……。

うん、上手くまとめられなくて3番まで作ってしまったけど、別にいいよね？　ついでに色々と教訓めいた事とか盛り込んでみた。

出る杭《くい》は打たれるとか証拠隠滅は大事とか因果応報とか、色々。著作権的なあれこれで歌詞は割愛させて頂く。奴らは異世界まで取り立てに来そうで正直ちょっと怖い。

周囲の他の冒険者達も微妙な顔してるというかドン引きしてるけど、私は悪くない。

「レン……相変わらず酷い歌を作るね……」

そんなに褒めるなよ、照れるじゃないか。……うん、そうなんだ。記憶が戻ってなくても孤児院にいた時からこういう微妙な歌を歌ったりしてたんだ。反省はしてない。

でもほら、クロとかアルルも喜んでるし、問題ないよね！

◇

そんなこんなでトラブルも無く買い取りも終了。いや、ちょっとトラブルとも言いがたいような事はあったんだけどね……。商業ギルドでランクアップの処理があるから来て欲しいとかなんとか連絡があったらしい、と窓口で言われましてね。

　ともあれ、買い取り窓口で皮なめしをやってるギルド提携のお店を教えてもらったのでそちらに兎の毛皮を持ち込んで加工依頼も済ませた。なお、料金は前払いだった。ちなみに肉加工もここでやってくれるという事なので、今後も持ち込みはまとめてできる。手間が省けて楽ちんだね。ついでに肉を焼いてる時に考えてたとおり、マリクルに塩を5㎏ほど押し付けておいた。実に重そうである。え？　量が増えてるって？　気にしない気にしない。


「結局色々と世話になったな。この恩はいつか返す」

「そんなに気にしないでいいです。孤児院にいた時に色々助けてもらってましたから。それに友達ですからね」

「それは……いや、そうだな。じゃあお前が困ってる時に手助けできるようなら、その時は助ける。それでいいか？」

「はい、それでお願いします。ああ、それとその角槍《つのやり》でゴブリンと戦おうとか思わないように」

「やっぱり無理か？」

「無理です。死にますよ。馬鹿どもに言い聞かせるようにしてください。逆恨みされても困るので」

「わかった」

　さて、今日はそろそろお別れだ。

「レンちゃ、いっちゃうの？」

「別に二度と会えなくなるわけじゃありませんよ。同じ街にいるんですから、またすぐ会えます」

「うー」

「ほらクロ、あんまりレンの事困らせない！」

「では、また」

あんまりだらだらと話し込んでると離れるのが辛くなるのでさっさと退散する事にする。はぁ……可能ならクロをお持ち帰りしたい。一晩中猫耳もふもふはむはむしたい。でも我慢なのだ。

あ、帰りに斜向かいの工房とやらでも覗《のぞ》いてこようかな？　魔力剣売ってるらしいし、何かの参考になるかも？　商業ギルドは面倒なので今日はパスの方向で。

０８７　割と重要だけど地味な修業回　そのいち

皆さんおはようございます、レンちゃんですよー。うん、この入り方も久しぶりだ。

昨日はあの後は帰る途中で斜向かいの鍛冶工房覗《のぞ》きにいったんだけどね……門前払い食らったんだよ。ふぁっきゅー！

いやね、私ってアルノー工房に間借りしてるから、それでスパイだのなんだのって言われちゃってね？　それはもう一方的に、聞く耳持たない感じで一気に捲《まく》し立てられて。

しかも最後に塩までまかれた。あまりの怒濤《どとう》の勢いにこの世界にもそういう文化あるんだ、なんて変に感心しちゃったよ。

ただ、一応ショウウィンドウに飾られてた剣はなんとか【鑑定】と【解析】を使ってチェックしておいた。【無属性魔法ＬＶ１】だった。剣自体は『良品質』。思ったよりもしょぼい？　でもあれか、店頭に飾るものにそこまでいいものは置かないかな？　盗まれたら大変だろうし。となると、もう１～２はレベルが上のものを造れると思ってもいいのかな？　んー。

商業ギルドはまだ行く気起きない。怖いから。そのうち覚悟して行こうとは思ってます、はい。

というわけで今日はとうとう魔力剣作成です。でもその前にがっつり体力つけようと思います。

腹が減ってはなんとやら、だから今日の朝ご飯は私が作る！　今日の鍛冶修業は気合入れたいから、と説明したら問題なく厨房《ちゅうぼう》を貸してくれました。

さてさて！　れっつ・くっきん！　今日作るのは豚丼です。牛丼じゃないよ。

牧畜してる牛は基本的に貴族用なので庶民は買えないし、牛系魔物の肉は普通に超高級品。だから代用で豚。っていうかオーク。つまりオーク丼。

まず先にご飯を大量に炊く。お米は一応厨房に常備されていた。美味しく調理できないので従業員達にもあまり人気は無い模様。土鍋は私の持ってるものを使った。土鍋はたくさん作ったので大丈夫。

土鍋の火の加減を見つつ、並行して上に載せるオーク肉も調理。玉葱《たまねぎ》を大量に刻むのは女将さん達にお願いした。作り方を横で見られてたけど、合わせ出汁とかみりんとか使ってるから多分味の再現は無理だと思う。似たようなものは作れるかもだけど。

そして豚丼は大好評だった、とだけ言っておく。

◇

さて、お腹も膨れたので早速魔力剣作成実験に取りかかろうと思います。実験！　実験！　楽しい実験の時間だー！　ひゃっほーう！

……っていったものの、まずは一般的な魔剣作成について、おさらい。

魔力剣や魔剣を造れるのは一部の鍛冶師か錬金術師。鍛冶師であれば秘伝的な作成技法を受け継いでないと造れない。そう考えると錬金術師のほうが技能習得のハードルは低そうかな？

鍛冶師による魔力剣の作成方法についてちょっと色々考えてみたけど、多分素材の鉱石を精錬する時に魔石とか、魔物の素材を一緒に放り込むんじゃないかな？　あるいは剣を打つ時にインゴットと一緒に放り込む、あたりじゃないかなぁ、と思う。多分だけど。

多分、その辺の配合比とか、どんな素材を使うのかとか、そういうのが秘伝なんじゃないかなーと、思うんだけど……？

錬金術師だと【魔道具作成】スキルあたりからの派生じゃないかな、多分？　前にコンロとか作った時に自分でもやったんだけど、魔力回路的なものを書き込む要領で、色々書き込んで付与を成立させるんじゃないかなーと思うんだけど……この辺は【錬金術】の魔道書とかに書いてあるんだと思う。

で、今回自分で造ってみるわけだけど、私はどっちも無理。なので【創造魔法】で無理やり造る。素材は自分で打った剣と自分の魔力。とはいえ失敗するのもアレなので、まずはスローイングダガーでお試し。１００本以上あるし、多少失敗してもへーきへーき。

というわけで、おりゃ！

……うん、できたね。【無属性魔法ＬＶ１】の付与に成功。

次、２本目は【魔法付与】っていうスキルで試してみる。このスキルってどうやら固有《ユニーク》スキルっぽいんだよね。ステータスで見ると【創造魔法】とかと同じ並びにあるし。

固有スキルっていうのは過去に取得してた人が一人だけだったとか、数人しかいなかったとか、そういうレベルで稀少《きしょう》で、且つ、強力な性能を持つスキルの事。私の【創造魔法】は考えるまでもなく固有スキルだし、同じ並びに並んでるなら【魔法付与】とか【マルチタスク】とかも多分固有スキルだと思う。

んで、この【魔法付与】スキルと【技能付与】スキルで付与できるスキルは自分が持ってるスキルのみ、付与できるスキルのレベルはこのスキルのレベルまで。私は無属性魔法はＬＶ８で持ってるけど、【魔法付与】はＬＶ３なのでＬＶ３までしかつけられない、というわけ。こっちでも造れるなら【創造魔法】と併用で両方にスキル経験が入るんじゃないかなー、というせこい考えです。

というわけで、おりゃ！

……うん、こっちでもできた。【無属性魔法ＬＶ３】。さっきの１本目もＬＶ３に付け直して、次はこのままそれっぽいスキルが増えるまで同じ事の繰り返し。

……あー、10本目で【魔力剣作成】スキルを覚えた。思ったよりも早かったのでなんだか拍子抜け。ちなみにいきなりＬＶ３。もしかして【魔法付与】と連動してる……？　レベル上げが楽になるから別にいいんだけど……。

次は各種属性魔法で同じ事の繰り返し。取り敢えず火属性魔法あたりから試してみよう。今度は最初から【火属性魔法ＬＶ３】を付与していく……。こっちも10本目で【属性剣作成】スキル習得。こっちもＬＶ３。やっぱり連動してる？　普通は別だと思うんだけど……【魔法付与】スキルのせいかな？　上位互換スキルを持ってると下位互換スキルに影響がある？　まあ、何にしてもレベル上げが楽になるんだから別にいいかな？

さて、取り敢えず魔力剣と属性剣は造れるようになったので、まずはこの二つのレベルを上げてみよう。という事で手持ちのスローイングダガー１１０本、この工房に来てから打った剣２１３本。その全部に全ての属性魔法を付与してみる。

……流石に時間がかかった。もうお昼近い。途中で何度もＭＰ回復ポーション飲んだし。でもお陰で【魔法付与】【魔力剣作成】【属性剣作成】のスキルが全部ＬＶ５になった。うん、かなり成長早いんじゃない？

それにおまけで各種属性魔法のレベルも上がってたのは予想外の出来事。レベルが低かった闇属性と雷属性が３ＬＶずつ、他は全部２ＬＶずつ上がって、無属性と水属性がとうとうＬＶ10に！

そしてついでに【魔剣作成】スキルが増えてた。……いや、複数属性の属性剣って魔剣扱いになるんだよね。だから多分そのせい。とはいえ、こちらも最初からＬＶ３。こっちは【技能付与】と連動してるのかな？　ともあれ次は属性系ではなく技能系スキルを付与してみようと思います。

……でもその前にお昼ご飯ね。お腹空いた。あとＭＰも減り過ぎ。ポーション飲んどこ。ぐびぐび。

◇

そんなわけでお昼ご飯も食べたので作業再開。の前に、さっき造ったLV3全属性剣を全部LV5に付け直す作業。レベル上げ大事！　……途中で【魔力剣作成】とかのスキルがLV6になって全部やり直す羽目になったのはここだけの秘密だ！

でもまあ順調順調。次はスキル付与だね。っと、その前にMP回復ポーション飲んでMP全快させておこう。何があるかわからないし。ぐびー！　げっふー！

さて、やる事は午前の魔力剣と同じ、【創造魔法】で無理やりスキルをくっつけるテスト。取り敢えず付けるのは【攻撃強化LV1】です。念のため最初はスローイングダガーから。というわけで、おりゃ！

……んー、一応できた？　なんだか結構MP消費多い感じ？　でも一応魔剣が造れたね。なんか割とあっさり造れちゃったなあ……またしてもちょっと拍子抜け。でも消費MP多いのが気になる。

実験として次は【創造魔法】【技能付与】【魔剣作成】を併用して付与してみる……うん、大分消費MPが減った？　じゃあ次は【耐久強化】でもつけてみよう。壊れにくくなる上にメンテの手間が減る便利スキルだ。……うん、問題なく付けられた。

こうなると多分本で見た他のスキルも付けられると思うので、ひとまずはこの【攻撃強化】と【耐久強化】を全部の武器に付けて経験稼ぎといきますかね？

……途中で何度もMP回復ポーション飲んだけど、問題なく作業完了。お陰でお腹たぷたぷ。途中、またしても【魔剣作成】とかのレベルが4に上がって最初からやり直したけど、これで私の【操剣魔法】による剣の投射攻撃の威力がアップだよ！

……あと何故か【鍛冶】のレベルも一つ上がって8になってた。魔剣作成が『剣を造る』って広義の意味で鍛冶の経験に分類されたって事？　いや、ありがたいけど……なんかコレジャナイ感が凄い。


さて、魔力剣も魔剣も問題なく造れたわけなので、次は……聖剣と暗黒剣、だっけ？　いや、いけ……あ、だめだこれ。無理。くらくらする。

なんだ、何が足りないんだ？　あー、多分だけど、剣関係作成スキルのレベル？　なんとなく全部LV10とか要求されそうな気がする……あながち間違ってなさそうなのが怖い。でもステータスを見てみたら【聖剣作成】をLV0で覚えてた。足掛かり程度には覚えたって事？　なんだかなぁ……。

【鑑定】で【聖剣作成】スキルを調べてみたところ、暗黒剣も【聖剣作成】スキルで造るらしい。どういう事なの……？

閑話休題。

んー、そうなると次は何をしようかなあ？　取り敢えずは【鍛冶】のレベル上げ？　【魔剣作成】とかのレベル上げるにも、材料になる剣が無いと経験稼ぎもできないしね。となると親方に頼んで鉱石を譲ってもらおう。そうなると明日からはまた鍛冶修業かあ……。

え？　ミスリル使ってないだろうって？　あー、それもあったなあ……うーん、いい加減ミスリルも使ってみようかな？

あ、もう夜だ。晩ご飯食べよう。


晩ご飯の後に、できれば肉のほうも教えて欲しいけど、お米の炊き方を教えて欲しいと女将さんにお願いされたので、後日教えるという事になった。朝に食べた感じだとお腹に溜《た》まるので、お米が使えれば色々助かる、との事らしい。お米、小麦よりも安いしね……。

０８８　割と重要だけど地味な修業回　そのに

はい、真面目に修業2日目です。っていっても今日からは魔剣を造るための素材にする剣を造るだけです。また地味な修業の日々が始まる……！

既に親方には話を通しておいたので、追加の鋼材は山盛り手に入れてあるんだけど、まずはこれを全部精錬済みのインゴットにしないといけない。とはいっても【金属加工】はもうＬＶ10だし、【鍛冶】のレベルもかなり高くなってるから【創造魔法】で加工しても消費はそんなに大きくはない。

まあ多少消費が激しいとしても、昨日の魔剣作成関連でガンガンＭＰ使ったせいなのか、朝起きたら最大ＭＰが一気に増えたからへーきへーき。なんと６５０からいきなり９５０だからね。急に増え過ぎじゃないかな？　かな？

とまあそんなわけで大分無理が利くようになったので、まずはこの部屋一杯の鋼材を全部インゴットに変換。おりゃあ！　……うん、なんか余裕だった。昨日のあれこれで魔力運用系スキルも色々レベルが上がってたから、そのせいだろうね？

そしてこれを全部【ストレージ】に収納して、間借りしてるいつもの鍛冶場へ移動。そして早速剣を打つ。カンカンカンってなもんですよ。

いやはや、色々スキルレベル上がったお陰で、剣を打つ速度が物凄い速くなってる。1時間で1本ってもはや意味がわからんわ。アホか。

……いや、別に困るわけじゃないからいいんだけどさ……うん、やっと生産チートっぽくなってきたなーって思うよ？　でも実際そうなってみるとね？　なんだかなーって気分になるよね……。

朝8時から打ち続けて昼の11時までで取り敢えず3本。そこから1時間で全部仕上げて12時。もうお昼ご飯の時間なんだけど……いや、なんとなく完成した剣を【鑑定】で見てみたんだけど、品質が『最高品質』じゃなくて『名剣』になってて、思わずポカーンってなっちゃったよ。なんだこれー？

『名剣』なんてそう簡単に打てるものじゃないんですけど⁉　【鍛冶】ＬＶ8凄ェ⁉　じゃねーよ、ヤベェ！　もうね、こんなにぽんぽん名剣レベルの剣が打てるとか……ばれたら色々やばいよ⁉

もうあれだ、親方とかに剣見せてって言われても、もう見せちゃだめな気がする……。前に打った剣もうっかり全部全属性とか付与しちゃったから見せられないし。ヤバイ……どうしよう……？

ちなみに『名剣』の上になると『剛剣』になります。剣の品質のランクは一応これが一番上。これが打てるようになったらもうここから逃げるしかない。

……あれ？　逃げるっていうかそうなったらもう鍛冶修業は終わりでいいのでは？

◇

そんなこんなで午後になりました。お昼ご飯中、キョドらないようにしようと必死だった。なんかもう疲れた……。


さて、午後も頑張って剣を打たないと。昨日、【魔剣作成】とかのレベルが一気に上がったけど、あれは材料になる剣がたくさんあったからできた事だから、ここからは本当に地道にいかないとだめなわけです。

うん、でもね？　もう既に飽きてきてるんだ……。ちゃんと先が見えてるとはいえ、もう2ヵ月近く同じような事ばっかりだから、もうね……ちょっと目先を変えてみようかな？　ほら、アレだ、刀でも造ってみようかなーって？　今まで何度か挑戦してきたけど全然だめだったし？　でも今は色々と鍛冶関係のスキルが増えたし、そろそろ大丈夫かなーってね。

というわけでインゴットを炉にぽーん！　そしてお約束の【創造魔法】スキル発動！　その上で鍛冶開始！　刀はどうやって打てば良いんでしょうか⁉　……あ、なんとなくわかったような？

うーん、やっぱりこの裏技は便利だ。後はスキル補正に抵抗せず、流されるままに身体を動かして……。

……刀が打ちあがりました。刀身だけだけど。いやはや、意外となんとかなるものだわ。記念すべき1本目なので、このまま仕上げてみようかな。刀の拵《こしら》えの部分は色々あるけど、柄は木材にして柄糸で……あー、折角だから遊び心も入れてみようかな。総金属製ってどうだろうか。ネタとしては面白そう。柄も柄糸も鋼鉄、というか鋼糸で編み上げるとか……作り方わからないけど、こういう時は必殺の【創造魔法】！　うん、作れた。毎度の事ながら、なんだかなあ……いや、いいんだけどね？　開き直ってそのまま拵えから鞘《さや》まで全部金属製で仕上げてみた。

うん、我ながら馬鹿っぽい。でも取り敢えず【鑑定】チェック。名は『無銘の刀』、品質は『良品質』。最初だしこんなものかな？　ちなみに刀身の長さは平均的な太刀のサイズ。え？　抜けないだろうって？　いやいや、直剣ならともかく、刀身に反りがある刀なら抜けるんだな、これが。抜刀の時に腰の捻りと全身の動きを合わせる事で私でも抜けるんだよ。……抜けるよね？

んー、前世《まえ》の知識と経験とを参考にして考えてみた限りでは、抜けるはず……？　あとで試してみよう。

というわけで早速2本目にー、っといく前に一応ステータスチェック。えーっと……【刀工】スキルLV1と【鋼糸作成】スキルLV2が増えてるね。後は称号に【刀匠】。んー、刀を造るスキルは別スキルか……これはレベル上げが大変だ。まあ頑張るしかないんだけど。

さてステータスも確認したので午後もこのまま刀を打ってみるかな。どうやら刀を打っても【鍛治】スキルにも経験入るっぽいし？

……。

…………。

………………。

　ふぃー。ただいま17時。最初の１本目も含めて合計四振り完成。ちゃんと全部最後まで仕上げてある。

　四振り目が仕上がった時点で【刀工】がＬＶ２、【鋼糸作成】がＬＶ４。鋼糸のほうはガンガン上がってるけど、刀のほうは先が長そうだなあ……とはいえ、慣れないものを造ったせいか凄く疲れたので、ちょっと早いけど今日はここまで。まあ、仕事じゃなくて趣味でやってる事だから、無理はしない。

　うん、いい加減仕事しろ自分、って気はするけど、収入は増えてるんだよなあ……。不思議だなあ。

　そして毎度おなじみの中庭で休憩。晩ご飯までまだ時間あるし、それに折角打った刀がちゃんと抜刀できるか試してみたい。……いや、普通に成人してたり身体が大きかったりすれば抜けると思うよ？　大事なのは『私が』抜けるかどうか、ね？

　いや、孤児院にいた時は私は他の孤児達よりも大きいほうだったけど、実際のところは世間一般的な同年代よりも大分小柄っぽいから、腕の長さとか足りないかもしれないという危機感がですね？

……さて、気を取り直し、腰を落として構えて、そこから踏み込み、腰を捻り、全身を使ってゆっくりと抜刀……おお、やっぱりちゃんと抜けた。やるじゃん、私。そのまま流れるように納刀。

さて、このまま納刀しておしまい、というのも芸が無いので、前世の記憶のとおりに居合抜きなんてしてみたり。

しゅっ！　ひゅっ！　……チン。

流れるように高速で抜刀、そのまま斜め上に斬り払い、構え直して唐竹で斬り下ろし、納刀。

……おお、今の私、きっと格好良い。フフフ。

ドサッ。

って、なにかを落とした物音？　一人悦に入ってたら、どうやら親方さん達に見られてた模様。

やべえ、恥ずかしい！

「ほ、蓬萊刀《ほうらいとう》……？」

「それは、蓬萊刀か？」

ホウライトウ？　なにそれ？

「え？　いえ、刀ですけど？」

「カタナって事は蓬莱刀だろう？　……そうか、お嬢ちゃんは随分腕がいいと思っていたが、道理で……蓬莱の鍛冶師は腕が良いって聞いていたが、その流れを汲《く》む鍛冶師だったって事か……」

親方さん勝手に一人で納得のご様子。他の子弟の方々も私の手にある刀に視線が釘付《くぎづ》けだし……あの？　もしもーし？　聞こえてますかー？　ていうか、蓬莱ってなに？　おいエド、レン先生にちょっと教えてみ？

「あの、蓬莱ってなんですか？」

「え？　蓬莱刀を打てるという事は、先生は蓬莱出身ではないんですか？」

いや、知らねーよ。だから蓬莱ってなんだよ。いいから早く教えろよ。

「蓬莱というのはですね……」

蓬莱というのは、東の方にある独特の文化を持った島国らしい。わかりやすく言うと、ファンタジー物でよくある日本っぽい文化の国の事。この世界にもお約束的に存在している模様。

ちなみに蓬莱は鎖国とかしてるわけではなく、細々とだけど輸出入でこの大陸と貿易を行ってる、との事。

蓬莱伝来の品々は美術品としても高値で取り引きされているらしく、その中でも刀は『蓬莱刀』と呼ばれ、武器としても優れているために非常に高値で取り引きされてるとかなんとか。刀一振りでも下手をすれば金貨数百枚以上、ものによっては１０００枚を超すとか……。ちなみに刀を打てる鍛冶師はこっちの大陸にはいないらしい。蓬莱側がそういった技能持ちの流出を規制してるんだとか。

という事はつまり、私の存在は色々アウト！　ここにいちゃいけない人間という事です！　やっべえええええええ⁉　ここは口止めしておかないと色々不味い事になる気がする！　そうとわかればさっきから一人でぶつぶつ言ってる親方さんに根回しだ！

「あの、親方……。私が刀を打てるという事は、どうか内密に……」

「うん？　ああ、わかってる、大丈夫だ。どう考えてもトラブルの元になるからな……。おい、お前達！　お前達もこの事は口外法度だ！　絶対に外に漏らすなよ！」

うん、これで安心……かな？　いや、ちょっと不安だし、親方に刀1本押し付けておこう。こういう時は賄賂で黙らせるのだ！　口止め（物理）だ！

「親方、これを差し上げますので、本当にお願いします！　本当に！　お願いしますね⁉」

「お、おう……いや、だがいいのか？」

「いいです！　ですから、本当にお願いします！」

「わかってる、任せておけ！」

……今度こそこれで安心？　でもこれでも情報が漏れるようだったら、もう逃げよう。そうしよう。

０８９　割と重要だけど地味な修業回　そのさん

ちょりーっす！　今日も元気に鍛冶やるぜー！　はい、レンでございます。

いやあ、昨日はちょっとトラブっちゃって焦ったね。でもまあ賄賂も贈ったし、これでなんとかなーれ！　いや、もうこれ以上どうしようもないし……こうなってくるとなにかこう、強力な後ろ盾が欲しくなってくるんだけどねえ？　でも不用意に変な権力に組み込まれると、面倒事が多そうで困る。むーん。なにか都合の良い感じの権力者はいないものか……。

……ええい、ごちゃごちゃ考え込んでも仕方ない！　そんな事より今はレベル上げだ！

◇

ってなわけで今日も朝からモリモリご飯を食べて早速鍛冶をやろうと思います。でもその前に報告。新しいスキルが増えました。

【隠蔽】と【偽装】スキル。色々隠したり、誤魔化したり、騙《だま》したりするスキル。【隠蔽】は証拠隠したり、色々な痕跡を消したり、ステータスを鑑定されたりした時に任意の項目を非表示にしたりできるスキル。【偽装】は色々誤魔化したり、ステータスの数値を別の数値に偽装したりできるスキル。どっちもずっと欲しかったスキルなんだけど、両方とも習得難度が高いスキルだったんだよね。似てるようでちょっと効果が違うので注意。それぞれに色々使い道があるのです。ふっふっふ。

なんでこんなのを覚えたのかっていうと、多分昨日の親方への賄賂とか、ご飯の時に色々しらばっくれたりとかしたのが原因じゃないかなーと……。あと日頃から顔隠そうとしたりコソコソしたりしてたから、そういうのがようやく実を結んだ感じ？　いや、ほんとね……昨日の晩ご飯の時と今朝の朝ご飯の時、周りの視線が気になって、もうね……。

取り敢えずスキル欄は大半を非表示にして、いくつかのスキルはレベルを低く誤魔化して、ステータスもＭＰとＭＧＣとＩＮＴとＣＨＡは数字を低く偽装しておいた。

ちなみに親方は一晩中、私の押し付けた刀を眺めたり調べたりしてたらしい。そのせいか朝ご飯の時は半分寝てた。頑張り過ぎじゃない？

あ、あと【剣術：抜刀術】って近接攻撃スキルも増えてた。昨日の中庭でのあれで覚えたっぽい？　まあ前世でちょっと習ってたし、思い出したって言うほうが近いのかも？

でも私は大立ち回りしようとするとすぐこけるから、基本的には迎撃で使うくらいしかできなそうなのがなんともね……。この運動音痴の身体は本当にどうにかならないものか……！

ってていうか普通に【剣術：刀】スキルをくれよと！　……いやまあ、目立ち過ぎるから刀なんて使えないんだけどね……悪目立ちする意味とか全然ないし。え？　いまさら？　……一応自重はしている！

……でも練習はしておこう。どんなスキルでも基本的にレベルが高いに越した事はないしね。

さて、気を取り直していい加減に鍛冶をやろう。

なんてちょっと凹みながら鍛冶場に向かって歩いてたら親方さんに呼び止められた。

「なあ、嬢ちゃん。色々考えてみたんだが、どうしてもわからない事があってな……。ちょっと聞いてもいいか？　ああ、製法を教えろとかじゃないから安心してくれ」

「はあ、構いませんが」

「助かる。それでな、なんでこの刀は柄だのも金属製なんだ？　いや、柄に巻いてある紐《ひも》も金属製というのは素直に凄いと思うんだが、それにしたってこれじゃあ衝撃を殺しきれないだろう？　何度か打ち合ったら手が痺《しび》れるんじゃないか？」

え……？　……あっ⁉　やっべ、うっかりしてた！　言われてみればそうだよ⁉　柄に木材とか皮とか柄糸とか使うのって、衝撃で手首傷めたりしないためじゃん！　私、馬鹿じゃないの⁉　遊び過ぎたー！

あー、あー、どうする？　どう言い訳しよう？　何も考えないで遊んで造ったとか、言えないよね？　というかまずは動揺を顔に出さないようにしないと⁉　あ、あれだ、覚えたての【隠蔽】と

【偽装】を使って表情と雰囲気を誤魔化せ！　全力でだ‼

「ああ、それは遊びで造ったものなので……実戦用ではないです」

その上で、くてりと首をかしげてしれっと嘘《うそ》をついてみる。いや、遊びで色々やらかしたのは事実なので半分は本当の事だし？

「あー……なるほどな……覚えた技術を色々試してみたってところか」

お、誤魔化せた？　でもまあ冷静に考えてみれば熱だの冷気だのでも持てなくなるよね……我ながら遊び過ぎた、猛省。

今回の教訓は『武器で遊んではいけません』というところかな。……いや、遊び心は大事だからね、まだまだ遊ぶけどね！

「そういう事なら納得なんだが、できればちゃんとした拵《こしら》えに直してもらえんか？　いや、技術を盗まれたくないっていうなら諦めるが……」

あー……そういう事ね、了解了解。

「別に構いませんよ」

大した手間じゃないから、そのくらいは別にね？　というわけで15分ほどで造り直して返却したら、親方はなんか物凄い大喜びで去っていった。うーん、薄々そんな気はしてたんだけど、もしかして親方って鍛冶馬鹿……？　いや、別にいいんだけど。

はあ……なんだかもう既に疲れたんだけど……。あ、【隠蔽】と【偽装】のレベル上がってるよ、あはは……はぁ。

いやいや、気を取り直して、今日はどうしよう？　んー……そうだなあ、たまには武器じゃなくて防具でも造ってみる？　攻撃力も大事だけど防御力も大事だよね。そもそも私ってへっぽこだし？

さて、そうなると何を造ろう？　非力だから金属鎧《よろい》とかは厳しいかな……。あ、でも今なら【重量軽減】あたりを付与すれば……って、私みたいなのがフルプレートメイルとか装備して軽快に歩いてたら悪目立ちするか。革の胸当ては既に色々付与してるし、そうなると……服？　服に付与……いや、まずは服そのものを強力に、って布に何を期待しろというのか……。

あ、思いついた。【鋼糸作成】スキルを覚えたんだから、これで金属糸を編んで布状にすればいいんじゃない？　とはいっても鉄で作ったら重いから……鉄よりも軽いミスリルで作る？　その上で【重量軽減】を付ければ完璧？　染色は……なんかこう、【創造魔法】とかでなんとかする方向で。

……ってな感じで作ってみました、ミスリル製下着。いつもどおりのアレなデザイン。肌触りはシルクっぽい感じ？　それとちょっと恐れていた金属アレルギーみたいな反応は出なかった。ファンタジー金属すげぇ！　ちなみに色々エンチャントしたので防御力も高い。下着のくせに。後、何故か【CHA＋5】の補正が付いてる。意味わからん。

ちなみにガーターベルトとストッキングもセットなので、足を怪我する心配も無いという優れもの。我ながら馬鹿な事やってるね。あ、腕も怪我しないように肘上丈の長手袋も作っておこう。防寒対策にもなるし。

そのままの流れで換えの下着を数セット、服もそれなりの数を作成。ミスリルメッシュ！　そして大事なフード付きマント！　これは予備も含めて全部で3着。マントにはいつもどおりに【隠身】をつけたけど、今回からは【隠蔽】も付けてみた。これで今まで以上に目立たずにコソコソ行動ができるはず？

ちなみに服とか下着に全属性を付与すると温度調節機能がおまけで付く模様。更に何故か通気も良いとか、意味がわからない。あー、全属性って地味に便利だなあ……。

後はついでに伊達《だて》眼鏡の付与を【鑑定】じゃなくて【隠蔽】と【偽装】にしてみた。

これで【魔性】スキルが抑えられるといいなあ、とか、私の顔面由来の揉《も》め事が減るといいなあ、と思いまして……効果があるといいなあ……。

そして手甲とすね当ても作ってみた。防御面積は多めで、肘上、膝上まで。装甲厚は薄めで軽量化して、いくつものプレートを繋《つな》ぎ合わせて可動部を多く取り、動きを阻害しないようにした優れもの。軽さと動きやすさを重視した分、元々の防御力や耐久性は落ちるだろうけど、そこは色々付与して補えばいい。そしてその完成した防具の表面になめし革を切ったり張ったりして、今まで使っていた装備と同じデザインの革装備に見えるように偽装。目立たない対策、大事！

ついでに胸当てや肩当ての裏側にも薄手のプレートを縫い付けて防御力を底上げしてみた。うん、見た目は変わらないけど防御力は一気に上がったんじゃないかな？　うむうむ。

と、そんな感じにあれこれを作ったりしてるうちにとうとう【服飾】スキルがＬＶ10に。ついでに【鋼糸作成】もＬＶ６に上がった。早くない？

でも色々作ったお陰でミスリルが結構減ったなあ……。残りのミスリルインゴットの量は剣４～５本分くらいかな？

こうなったらもう自分用の剣もミスリルで打っておこう。カンカンカンっと。いや、刀じゃないよ、ショートソードだよ。目立ちたいわけじゃないし。いつもどおり刀身短め、付与もしておく。

とはいえ念のため、おまけで居合での迎撃用に太刀も作成。【ストレージ】操作で一瞬で装備できるしね。でも使う機会が無い事を祈る。

んー、これで一応は一通り装備は揃《そろ》ったかな？　って、そろそろ昼か。今日はトリエラが来る日だっけ？　よし、そろそろ裏通りに行こう。

０９０　来ちゃった

てなわけで裏通りでトリエラと合流。今日はリコもいる模様。

そして今日も今日とてご飯を食べながらどうでもいい雑談である。え、勉強？　あー、さっきまで教えてたところで、今は簡単な計算を教えてるところだよ。取り敢えず足し引きできてれば最低限はなんとかなるしね。


「今日のご飯も美味しいね！」

「リコ、あんたはもうちょっと遠慮ってものを……はぁ」

ちなみに今日のご飯は焼きおにぎり。個人的にはこれ、大好きなんだよね。できたても美味しいし、冷めても美味しい。後は汁物に角兎《つのうさぎ》の骨で出汁をとった野菜スープ。こっちもなかなかの出来。うむ。

「しっかり食べないと大きくなりませんよ？」

「そうだよトリエラ？」

「あんた達ねえ……はぁ」

まあ、私は食べてもおちびだけどね。……え？　今？　……１３９cmくらいかな。いや、【解析】スキルで身長とかわかるんだよ。え？　１年ちょっと前に１４０cmはあるって言ってた？　うるせーな、希望的観測だよ！　ほっとけ！　……実は事故当時から１cmくらい伸びてるんだよ、これでも。

いや、それでも１３９cmって現代日本の10歳女子の平均身長ぐらいだったはずだし、これで孤児院にいた頃は大きいほうだったんだから……どれだけあの孤児院の孤児達は栄養が足りてなかったのか、というね？

「そういえばこの間はあれからどうなったんですか？」

「あー、アレね。凄かった。馬鹿３人が武器を見て大騒ぎで、その後肉を見て大喜びで更に騒ぎ過ぎて、宿の人とかから凄い怒られた」

「その後トリエラ達だけ先に食べてた事がばれて、更にうるさかったよね。わたしはそんな事くらいいじゃ怒らないけどー？」

「リコには謝ったじゃない、しつこいなあ」

「別に怒ってないですー」

リコはしっかりしてる子だから、ちゃんとわかってるはず。だからこれは軽口の類……だよね？　喧嘩《けんか》はだめだよ？

「その後、リューの馬鹿が部屋で勝手に槍《やり》を振り回してアルルに当たりそうになって女子全員でぼこぼこにしたかな」

「死ねばいいのに」

「いやレン、流石に殺すのはちょっと……で、次の日は総出で兎狩りの練習。お金は多少余裕があるから、先に全員で慣れよう、って事になって」

「なるほど、いいんじゃないですか？」

「でもある程度慣れたら薬草採取も続けてやっていく予定ではいるよ。毎回兎がたくさん獲れるわけじゃないし。というか夕方まで粘っても４羽しか獲れなかったんだよね、最初の日。だから総出で兎狩りやるのは全員が慣れるまで、って事になった。レンがいた時にはたくさん獲れたのって、その狼《おおかみ》が色々やってくれてたんでしょ？」

「はい、この子達はお利口さんですから」

「その後は、毛皮と肉の加工をお店に頼む事に関して三馬鹿がごねてた。レンの予想どおりだね」

「馬鹿ですからね」

目先の事しか考えてないのがよくわかる。

肉の確保量が増えたら冬に備えて溜《た》め込む事で、冬場の食料に掛かる費用が減らせるんだけど、あったらあるだけ食べようと考えていたらしい。マジで馬鹿だ。

冬には食料品の値段上がるのに、そんな事もわからないとか……。特にケインは孤児院にいた頃にお使いとか行ってたはずなんだけどなあ。

「でも理由を説明したらケインは納得して他の二馬鹿に説明して、それくらいかな？ ダガーの入手に関してはレンが言ったとおりに親切な冒険者に譲ってもらって、槍も造り方を教えてもらったって事で一応納得はしてた、かな？　盾はケインとリューで取り合いになったんだけど、最終的にはマリクルの予備って事で落ち着いた。今は練習するって事で一時的にケインが使ってるけど……ごめんね？」

「そこは諦めてますから」

うん、そうなると思ってた。とはいえ一時的に、ってのは予想外。勝手に自分用として使うものとばかり思ってたから。あと説明すれば理解する程度にはまだ頭の中身が詰まってたっぽい。

「あー、後はリューとボーマンの馬鹿2人が、角槍でゴブリン探して戦おうとか馬鹿言って、ケインも前に手に入れた錆《さ》び錆びの折れた剣しかないくせに意気投合して馬鹿やろうとしたりとか……怒ったマリクルが全員ぶん殴って大人しくなったけど」

「……本気で馬鹿ですね」

あの温厚なマリクルを怒らせるとか……。

「レンが忠告してくれてたから、最初にマリクルがしつこいくらいに説明して念押ししたんだけどね……。角兎が獲れたからって調子に乗っちゃったみたいで」

本当に死ねばいいのに。というか三馬鹿だけでゴブリン探しに行って、そのまま死ねばよかったんじゃないかな？

「……でもそれはそれとして、弓が使えれば狩りとかももっと色々捗ると思いますけど、なかなか難しいでしょうね」

「弓って……もしかしてレン、造れちゃったりするの？」

「ええ、まあ……。でも矢が消耗品ですから」

余裕で造れると思う。精度が高いやつ。材料の木材は売るほどあるし……というか森にいる時に造ったのが一張り、【ストレージ】に入ってるんだよね。あの頃は非力過ぎて無理だったけど、今なら私でも引けるかな？

「そうなんだよねえ……。ねえリコ、確か弓使いたがってたのってアルルだったっけ？」

「そうだよー、でも矢でお金掛かるから、難しいよね」

「私もいつまでも手を貸せるわけじゃありませんから、そのあたりの事はみんなで話し合って決めるのがいいでしょうね」

「……レン……」

「レンちゃん……」

あ、やば。ちょっと空気重くしちゃったか。でも事実だしねえ？

いや、トリエラ達女子だけだったら一緒にパーティー組むのはありだけど、三馬鹿とは組みたくないし？　あ、マリクルだけなら大歓迎だけどね、女子だけだと防御力と耐久力に欠けるし、何よりマリクルは人当たりもいいから。

ちなみにトリエラとリコは何度か私をパーティーに誘いたそうな雰囲気の時があったりする。私は気付かない振りしてるけど。

「……ご飯も食べましたし、これからのために魔法の練習しましょうか」

「……そだね」

「うん……」

話題を変えてこの雰囲気をなんとかしよう。というわけで魔法の練習でもしましょうかね。とはいったものの、やる事といえば【魔力循環】の練習だけなんだけどね。でも2人ともかなり慣れてきたみたい？

「んー、2人とも大分慣れてきたみたいですし、リコもかなり安定してきたみたいなので、これからは2人だけで練習しても大丈夫だと思います。もう少し慣れたらアルル達に教えても良いですよ」

「ほんとに⁉　いいの、レンちゃん？」

「ただし、あまり無理はしない事と、やり過ぎないように注意してください」

「わかった！　トリエラ、今晩から早速……」

「トリエラ！　リコリス！　ここにいたのか！」

「げっ」

「あちゃー……」

あー……ついに来たか。

「はぁ～……ケイン、何しに来たのよ？」

「マリクルやアルル達が話してるのを聞いた。俺に黙ってお前達だけでレンに会ってたんだってな？」

「なんでケインにいちいち断り入れないといけないの？　バッカじゃないの？」

「はぁ？　おいリコリス、俺とレンは……」

「ケインとレンちゃんが何？　別になんでもないでしょ？　大体ケインはレンちゃんに嫌われてるんだから、いい加減に理解したら？」

「俺がレンに？　お前、何言ってんだ？」

おお、本気で理解できないって顔してる。相変わらずコイツ頭おかしいね。なんでこんな風になっちゃったんだか……。

「まあ、そんな事はどうでもいい。……そっちのフード被ってるのがレンか？　レン！　俺だ、ケインだ！　……生きてたなら、なんで会いに来ないんだ？　あまり心配させるなよ……」

「……」

相変わらず人の話聞かない上に思い込みが激しくて気持ち悪いな、こいつ。

「なんで返事しないんだ？　……でも、良かった。会いたかった……」

一人で勝手に自分の世界に入って盛り上がってるね、きもっ。というかこっちに手を伸ばしてきたけど、何のつもり？　触らないでもらえませんかね。当然のように回避、そのままトリエラの後ろに逃げる。

「……なんで避けるんだ？　顔を見せてくれよ」

「嫌です。触らないでください、気持ち悪い」

「は？　何言ってるんだ？」

近づいてこないでもらえませんかね？

「近寄らないでください、虫唾が走ります」

「おい、何言ってるんだ⁉　いいからこっちに来い！」

きゃー、おそわれるー。たっすけてー（棒読み）。

「ウオォン‼」

「何⁉」

ベンチの後ろで丸くなってたノルンが私に手を伸ばしてきたケインに吠《ほ》えかけ、のそりと起き上がって私とケインの間に割って入ってきた。

わーい、ノルンありがとー！　流石私の女神！　一吼《ひとほ》えで悪漢を退けたぞ！　……ベルは呑気《のんき》に丸くなったままだけど。

「グルルル……」

「な、狼の魔獣⁉　こんな大きな魔獣がなんでこんな所に……⁉　ってレン、危ないからこっちに来い！」

いかねーよ、アホか。私にとって危ないのはお前だ。

「はぁ……あのね、ケイン。その狼はレンの従魔よ。何も危ない事は無いの。今のだって主人を守ろうとしただけでしょ」

「レンの従魔って……っていうか、守ろうとした？　何が危なかったんだ？　何も危ない事なんて無いだろ」

「いや、レンが明らかに嫌がってる相手が摑《つか》みかかろうとしてきたんだから、吠えても何もおかしい事ないでしょうが」

「はあ？　嫌がってるって……照れてるだけだろ？」

「いや、アンタ、レンに嫌われてるから。顔も見たくないくらいに。というかあれだけいじめておいて、なんでレンに好かれてるって思えるの？」

「え？　いや、だって、小さい頃は……」

「私達よりも二つ上のボブの事は覚えてる？　アンタに厳しかったボブ。アンタ、ボブの事、嫌ってたでしょ？」

「ああ、覚えてる。あの野郎は絶対に許さねえよ！」

「端から見ればアンタの事をいじめてるようにしか見えなかったけど、ボブは自分がいなくなった後の孤児院をアンタに任せるつもりで厳しくしてたってわかってる？」

「ああ、そんな事も言ってたな。でもそんなの関係ねーよ！　理由があったってあいつはやり過ぎだったろ！」

「そうね、私から見てもちょっとやり過ぎてるところはあったと思う。それでさ、あんたがレンにしてきた事と、あんたがボブにされた事。一体どんな違いがあるの？」

「え？」

「ボブは少なくともあんたを鍛えるって理由があったけど、アンタはどうなの？　大した理由なんて無いでしょ？　照れ隠しだかなんだか知らないけどね？　……孤児院にいた時から何度も、そんな事してたら嫌われるって言ったよね？　何度も何度も……アンタさ、自分がレンにそれだけの事してきたって理解してる？　アレだけしつこくいじめて泣かして、なんで好かれてるなんて発想出てくるのか理解できないわ、私」

「え……俺が……？　……あ、いや……でも、あれは……」

お、やっと自分の行動を振り返ったか。そしてようやく自分がしてきた事を理解した模様。困惑の表情から一気に顔色が青くなって、おろおろしだしたかと思えば途端に視線が泳ぎまくってる。キモイ、こっち見んな。

「レンの事なんで言わなかったんだってさっき言ってたけど、レンがあんたの顔も見たくないって言ったから私は言わなかった。なんか文句ある？」

「それは……でも、お前に色々教えて俺達の事を助けてくれたんだろ？　顔も見たくないって言うなら、なんでそんな事したんだよ……？」

「……友達のトリエラやマリクル、妹分のリコ達を助けたかったからです。貴方はたまたまトリエラ達とパーティーを組んでただけです。貴方達はただのおまけです。そもそもトリエラ達がいなかったら関わろうとすら思いません」

「な、ん……レン、お前……！」

あ、怒った？

「この……ッ！」

って、摑みかかろうとしてきた？　ノルンさん、やっちゃってください！

「見つけたぁぁぁあ！　ケイン、死ねェェェェエッ！！！」

ドカッ！

「ごあっ⁉」

……ノルンが蹴散らす前に、物凄い勢いで走ってきたアルルがその勢いのまま、ケインに飛び蹴りを食らわせた。ケインは2ｍくらい吹っ飛んでピクピクしている。ちっ、まだ生きてるか。しぶとい奴だ。っていうかケイン、今、ナチュラルに手を上げようとしたよね。やっぱり頭おかしいわ。

……出番をいきなり奪われたノルンがぽかーんとしてるけど、たまにはこういう事もあるよ、ノルン。


「はー、すっきりした。レン、間に合った？」

「ぎりぎりアウトですね。少し話をしてしまったので」

「むむむ」

「……はぁ、ふぅ、間に合ったか？」

おっと、遅れてマリクルも登場。

「残念ながら間に合いませんでしたね」

「ごめん、レン。私とマリクルが話してたの聞かれちゃったみたいで……」

「時間の問題だったでしょうから、気にしないでください」

「すまん」

「マリクルもアルルも、そのくらいにしておこう。ごめんレン、今日のところは帰るね。ケインもアルルの飛び蹴りで丁度気絶してるし、マリクルに背負ってもらって連れていくから」

「大丈夫ですか？」

「大丈夫、大丈夫！　ようやく自分のしてきた事を理解したみたいだしね、いい機会だから帰ったら今日はずっとケインに説教するよ！　勝手にレンに会いに来ないように念入りに！　マリクルも協力しなさいよ!?」

「わかってる。面倒かけたな、レン」

「大丈夫です。よろしくお願いしますね」

「任せろ」

「私も蹴りまくるよ！」


とまあ、最後はぐだぐだな感じになったけど、一応一件落着？　みんな申し訳なさそうに帰っていった。馬鹿の事は皆さんでぼこぼこにしてやってくださいね？

０９１　知識チートの恐ろしさの片鱗《へんりん》を垣間見たぜ……

ケイン襲来の後、翌日、翌々日と鍛冶修練。この2日間は刀を多めに打った。でも普通の剣も打っておかないとね。ほら、刀って【操剣魔法】の弾には不向きだから。

でもって、今日もトリエラ達とおしゃべりタイム。今日はリコだけじゃなくてマリクルも一緒。マリクルはケインに説教した後の事を報告に来たらしい。アルルはケインの見張りで居残りだとか。一緒に来たがってたらしいけど、ケインから目を離すのはまだ不安との事。わかるわ。

「いやあ、あの後帰ってからが大変だったよ……」

「まさかあそこまで拗《こじ》らせてるとは、俺も想像してなかった」

……え、そんなに？

なんでも、一昨日連れ帰った後に目が覚めたケインは即、部屋を飛び出して私の所に行こうとしたらしい。それに気付いたアルルがまたもや必殺の飛び蹴りで動きを止めて、そこにマリクルが羽交い締めにしてようやく大人しくなったとか。

目が覚めて早々行動を起こした事により、これはいかんという事で親レン派の面々は全会一致でケインを椅子に縛りつけて、そのまま夜まで懇々と説教して言い聞かせたらしい。っていうか、私派ってなにそれ。

その後、晩ご飯の時間になってやっと大人しくなったので、縄を解いて食事をして就寝。なお、角兎《つのうさぎ》狩りに行けなかったために肉が食べられなくなり、リューとボーマンがずっとブツブツと文句を言ってたみたい。

そして翌日、朝早くに部屋からこっそり抜け出そうとしてるケインにマリクルが気付き、またしても拘束。問い質してみればやはり私に会いに行こうとしていたらしい。マジキモイわ。

そして午前中一杯使って改めて説教した事でようやく、本当にようやく、渋々ながらも諦めたようで、その日の午後と翌日は一昨日までと同じように角兎狩りと薬草採取に出かけた、という事だった。

ちなみにその時のケインは不気味なくらいに大人しく、何か考え込んでる様子だったらしい……。

「……なんというか、話を聞くと本当に気持ち悪いですね。意味がわかりません」

「……正直、俺もそう思う。レンの事がなければまともなんだが、今回の事は流石に俺も、ちょっと……」

「……私は孤児院にいた時にもう諦めてたけど、あのままだとレンに迷惑が掛かるから。私、説教頑張ったよ……疲れたよ……」

「お手数おかけしました」

「いやいや、いつも迷惑かけてるのはこっちだから！」

「そうだよー、全部ケインが悪いんだからね！　まったく、何が『レンは俺の嫁になるんだ』だってーの！　レンちゃんはわたしのお嫁さんになるんだから！」

え、私リコのお嫁さんになるの？　初耳なんだけど？

「リコの冗談はさておき、ちょっとレンにお願いがあるんだけど……聞いてもらえる？」

「お願いですか？」

「うん。前々からマリクルとも話してたんだけど、私達全員に読み書きを教えてもらえない？　私とリコだと上手く教えられなくて……」

「読み書きと、後はできれば計算も教えて欲しい。日常生活に困らない程度の小額の買い物はできるけど、冒険者を続けていけば高額の装備をまとめて買う事もあるかもしれない。そういう時に騙《だま》されても気付かないっていうのはちょっとマズイじゃないかって、トリエラとも話し合った。あと、少ないかもしれないが、報酬もちゃんと払う」

「それは構いませんけど、別に報酬は……」

「いや、報酬は払う。正直言ってレンに利益が無いんだ。俺達全員に……ケインやリューも含めた全員に教えて欲しい」

……なるほど、そういう事か。

「それに正直、レンには色々もらい過ぎだ。通すべき筋の話でもある。お前は気にしないんだろうが、こっちは気になるんだ」

「だから、報酬を払う事で依頼って形にしたいんだよね。会いたくない相手にも教えてくれっていう無理なお願いだから……」

「んー………………………はぁ、わかりました」

「ほんとに⁉　ありがとう、レン！」

確かに三馬鹿には会いたくないし、ケインとは口もききたくないけど……もっとしっかり読み書きができればトリエラ達は色々助かるだろうからなあ。あー、ちょっと流されてる気がするけど……。んー、でもまあ友達を助けるという事であれば、まあ？

「すまん、レン、助かる……。実はな、報酬を出すってのはケインの提案なんだ」

「え？」

「さっきトリエラが言ったと思うが、お前に読み書きを教えてもらうっていうのは前々から考えてたんだ。ただ、お前にケイン達にも教えてくれって言うのは流石に憚《はばか》られて……。昨日もその事をトリエラと相談してたんだが、どうにもそれをケインが盗み聞きしてたらしくてな」

「……ケインとしては自分が会いに行くのは禁止されても、それでもレンの顔が見たかったらしくて、それで珍しく頭を使ったみたいで……。依頼って形にして報酬を払うっていうのは確かに筋が通ってるから、流石に反対しづらくて」

「ケインも、トリエラとリコが読み書きできるようになった頃から全員ちゃんと読み書きを覚えたいと思ってたらしいんだ……。お前に負担をかける事になるけど、よろしく頼む」

なるほど、正論で言いくるめつつ皆も巻き込む事で私と会う時間を捻出できる案を考えた、と。

なんというか……そういう頭の良さをもっと別の事に使えないのかな、あの馬鹿。

あー……馬鹿どもと顔を合わせるのは憂鬱だけど、やるって言っちゃったし、仕方ないか。

「あー…………でもまあ、やるといったからにはやります。んー、そうですね……では授業は3日に一度で午前9時から12時までの3時間、それを取り敢えず10回ほどやってみましょう。授業料は一人一日銅貨5枚でどうでしょうか？」

授業料安過ぎ？　でもみんなにも生活があるし午前を丸々潰すとなると、午後に薬草採取をやるにしても収入は減るわけで、今は角兎も狩ってるから収入はもっと減るはず……。そのあたりも考慮しつつ、お友達価格って事でこの値段設定なんだけど……流石にちょっと安過ぎるかなぁ。でもあんまり高額にするとみんなが生活できなくなるし、それに冬に向けて貯金もさせたい。

「こっちとしては助かるが、ちょっと安過ぎないか？」

「そこはお友達価格という事で？　それに今の収入って薬草採取に専念して、多い時で一日小金貨1枚くらいって言ってましたよね？」

「ああ、多い時でそのくらいだな」

「宿代が一日銀貨1枚、食費諸々が8人分で銅貨1～2枚でしたっけ？　そこに今は角兎狩りもやってて収入は更に減ってますし、その角兎の毛皮のなめしも1枚が確か小銀貨8～10枚くらい。服や諸々の生活用品も足りなくなったら買い直さないといけませんし？　みんなには貯金もして欲しいので、あまり高額な請求をするのは気が引けるといいますか……」

多分勉強教えるのって、普通なら銀貨数枚とか下手すれば小金貨とか取っても許されると思う。

でもねえ……？

「……なんというか、色々すまん」

「薬草採取だけではなく角兎も狩るなら肉が取れる分、食費は浮きますし、そのあたりは全員で頑張ってください」

「場所はどうする？」

「この裏通りで大勢に教えるとなると、多分衛兵に怒られます。なので場所は……そうですね、前に私も一緒に採取に行った森の手前あたりに大きな木が1本生えてましたよね？　あの木の麓でどうでしょう？」

「街の外でやるのか？　危なくないか？」

「ノルン達……私の従魔達がいますから、大丈夫です」

「なるほど……それなら確かに安全か」

「教材の類はこっちで用意しておきます」

トリエラ達に教える時に使ってた黒板を人数分と、後は大きな黒板かな？　持ち運びは【ストレージ】は使わないほうがいいかなあ……。これから何度も授業をするなら何度も取り出す機会が出てくるわけで、そうなると目撃される頻度も増えるわけで。一応目立たないように対策って事で？

んー、なにかキャリーカートとかの台車的なものを作って、それに積んで移動すれば大丈夫かな？

大きな黒板も三分割くらいにすれば載せられるだろうし。

「何から何まで、すまん」

「いいえ。ただ本人にやる気がなくて覚えられなくても一切責任は負いませんので、そこは理解してください」

「リューとボーマンの事だな……。わかってる、そういう場合は気にするな。文句を言うようなら俺が殴る」

「お願いします。では早速明日から始めましょう」

「わかった。……しかしレンの作る飯は美味いな。トリエラとリコがいつも上機嫌で出かけてた理由がよくわかった」

マリクルがトリエラとリコをジト目で睨《にら》んでる……。２人とも顔を逸らしてるけど、私のせいじゃないよね？　……いや、私のせいか。

というか実はこの話し合い、ご飯を食べながらだったりする。ちなみに今日は工房の皆さんにも好評だった豚丼。マリクルは凄い勢いで食べてたのでおかわりを追加してあげた。

◇

その後、トリエラ達の魔法修練を見てあげてから解散。マリクルもちょっとやってみたけどそっちはあまり芳しくなかった。リコが気長に教えてみる、と言ってたので任せてみる事にした。人に教えると色々と理解が深まるし、リコにとって無駄にはならないはず？

ってなわけで午後。

ご飯も食べたし、鍛冶の続きをーっといきたいところだけど、さっき考えてたキャリーカートでも作りましょうかね。折りたたみ構造にしておけば持ち運びも収納も便利。私は【ストレージ】があるけどね。

んー、荷物固定用のフック付きゴムロープは、この世界だとまだゴムを見た事ないので人目につかないほうがいいかな……私は【創造魔法】で作れるけど。むーん……鎖か、革ベルトに穴を開けるかして、キャリーのフレームに引っ掛けるためのフックをつける？

後は背負って背嚢《はいのう》としても使えるようにベルトを取り外しできるようにもしてみよう。森に行くまでは普通にカートを引いて使って、森に入る時は背負うとかそういう感じに使い方を変えられるように。

そんな感じで仕様を決めたらトンテンカンテンできあがりー。予備を含めて5台ほど作ってみた。１台はトリエラ達にあげようかな？　取り敢えず中庭で実際に使ってみよう。

明日に備えて、持っていくための教材用の黒板とかも作成して、実際にそれを積んで固定して、コロコロ引っ張りながら中庭を歩いてみる……うん、まあ、大丈夫っぽいかな？　車輪は大きめにしたから多少の悪路でも大丈夫だと思うし、車軸も太めにしておいたので強度もまあ、なんとか？

まあ強度を気にしないなら木材で作っても別に構わないとは思うんだけど。

なんてやってたら色々な資材を運ぶのに便利そうだからって事で親方さんや女将さんがキャリー

カートを欲しがってしまい、またしても特許を取りに商業ギルドに行く羽目に。

またもその場で設計図を描いて提出。今回は実物もあるのでそちらも参考サンプルとして提出させられた。いや、サンプル提出とかいらなくない？　せめて材料費は返してくださいよ。


それとは別に、呼び出しを受けてたけど行きたくなかったからスルーしてた商業ギルドに折角来たので、呼び出しを受けた用件を全部片付けておく事にした。ランクアップだったっけ？　面倒くさいから全部まとめて処理だー！　ってなわけで窓口に行ったんだけど……商業ギルドのランクが、いきなりCランク？　え？　もう？　早過ぎない？　なんだか色々おかしくない？

……外国で作られた分の特許使用料も全て収入になるとかで、金額が物凄い事になってたらしい。国内生産はあんまりなかったらしいんだけど、大陸西部とか、大陸中央のなんとか帝国とか、各ギルドの本部があるという商業連合国？　とかでたくさん作られたとかなんとか……預金を見てみたら、いち、じゅう、ひゃく、せん、まん、じゅうまん、ひゃくまん、せんまん、お……お、く？　おおおおお⁉

え、なにこれ……？


……取り敢えず全額下ろして帰ってきました。金貨多めで。後は銀貨とか銅貨とか、細かいのもそれなりに適当に。【ストレージ】に入れておけば邪魔にならないしね、また下ろしにいくのも面倒だから……。でもこれで当面はお金には困らないよ、やったね！　っていうか、まさかあの預金額を全額下ろしても大丈夫とか、商業ギルドこっわ……。
って、そうじゃないから！　え？　ちょっと桁が多過ぎない⁉

０９２　ぐだぐだ登校風景

はい、皆さんおはようございます。レンちゃん先生ですよー。

今日から授業開始です。とはいってても現在朝の7時、まだ朝ご飯食べてる最中ですが。別に急がなくても間に合うしね？　もっきゅもっきゅ。


それはさておき昨日の預金額には驚いたね。ちょっと多過ぎィ！

でもまあ、基本的にランクアップの処理とか預金の引き出しとかは個室で行われるので、個人情報の漏洩《ろうえい》とかは大丈夫なはず？　一応商業ギルドではそういった個人情報とかは守ってくれるらしい。どこまで信用できるのかは怪しいけど……でもまあ、ロビーにいた他の商人に顔を見られたりはしていないから、大丈夫と信じるしかないんだけどね。

それはそれとして、どうにも私の持ち込んだキャリーカートはかなりの売り上げになりそう、とはその時の担当職員の弁。

冒険者であれば獲物を大量に手に入れた時に活用できるし、商人であれば大型のものを使えば荷物の運搬にも便利、という事で、ぶっちゃけ前回のパスタマシーンや小型ミンサーよりも桁の多い特許料が入ると思います、とか言われた。あの、なんだかもう怖いんですけど？　もっと何かアイディアがあるんじゃないですか？　とか言われてもね？　言いません！　やめてください、泣いてる私だっているんですよ！　言いませんよ、言いま

キャリーカートの設計図は大型のものとか手押し車とかのいくつかの派生型も書いたんだから、それで我慢してください！　……うん、結局10種類近い色んなタイプの台車の設計図を特許登録したんだよ、勢いに負けて。ハハハ……はぁ。

昨日はその後、商業ギルドから帰った後は親方さんにお願いしてミスリルを売ってもらって在庫補充してみた。ミスリル以外のファンタジー金属の取り扱いというか在庫はないのか聞いてみたけど、ミスリルよりも上の金属素材は稀少《きしょう》過ぎてまずお目にかかれないって言われた。

◇

ここで唐突にレンちゃん先生の金属素材講座！

ミスリルよりも下、鉄よりも上だと魔鉄とか魔鋼っていうのがあるんだけど、これは魔力が濃厚な土地の鉱山から産出する鉄で、魔力に親和性が高い鉄の亜種。

魔鉄を精錬すると魔鋼と呼ばれる。魔力剣とかを造る時に色々な初期の準備をする必要が無いので便利。これを素材に剣を打つだけでＬＶ１かそれ未満の低位の魔力剣が造れてしまうという優れ

ものだったりする。ただし、一見すると普通の鉄と見分けがつかないので要注意。でも【魔力感知】スキルを持っていれば一発で区別がつく。

その上が青銀鋼とかいう金属。別名ブルーメタル。なんか青っぽい金属、らしい。

これは単体だと色々微妙なんだけど、他の金属と混ぜて合金化する事で魔法抵抗や魔法効果とかが高くなるらしい。その特性上単体ではまず使われない。

ミスリルなんかと合金化する事で少量のミスリルでも量を嵩増《かさま》しできるので、防具とか防御のアクセサリーを作る場合に便利。魔法防御や付与効果を重視したい場合は純ミスリル製の防具よりもこれとのミスリル合金のほうが効果が高い。

さらに金とか銀とかの貴金属と組み合わせたアクセサリーを身につけるのが貴族の嗜《たしな》みとかなんとか？

お次がミスリル。精霊銀とも呼ばれ、白っぽくてきらきらしてる金属。

魔力との親和性が非常に高い金属で、鉄より固くて軽量。魔剣とかは取り敢えずこれで造っておけばいい、というくらいには定番。

産出量は鉄よりはかなり少ないけど流通が多い時に頑張ればそれなりに手に入れられなくもない模様。

ミスリルよりも更に稀少なのがアダマンタイト。黒魔鋼。黒くてほのかに深緑色っぽい、らしい。

ミスリルよりも固いけど鉄よりも重いという扱いづらいちょっと困ったちゃんな金属。魔法への親和性は魔鉄と同程度。魔剣とか造るにはちょっと扱いが難しい金属。親方さんも数回しか扱った事がないらしい。

ちなみにダンジョンから産出される強力な魔剣はアダマンタイト製のものが結構あったりするとかなんとか。

最後が定番のオリハルコン。神鋼とも呼ばれ、金ぴからしい。

ミスリルと同程度の軽量さとそれ以上の魔法親和性の高さ、そしてアダマンタイト以上の硬度が揃《そろ》った、最高の武具素材。ただし、とにかく稀少で鉱脈から稀《まれ》に産出しても指の先ほどの大きさもないとか。

伝説級の聖剣とかでオリハルコン製のものが極々稀にある、という程度。いつか扱ってみたいものだねえ……。

他にも色々あるらしいけど、代表的なのはこのあたりらしい。なるほどなー。

◇

それはさておき。

あんまり遅く出てたら間に合わないかな？　ちょっと早い気がするけどもう出よう、というわけでノルン達を引き連れて工房から出発。カートをコロコロ引きながら大通りを移動。うん、ノルンもなんだけど、カートが地味に目立つ。

ギルドの出張所の前を通り抜けたあたりから周囲に冒険者が増えて、同時にカートへの視線も増える。ちょっとまずったかも？　でもいまさらどうにもできないし、どうしよう？

うぐぐ！　でもノルン達のお陰で声を掛けてくる人がいないのはラッキー？

なんて悩みながら歩いていたら、門が見え始めたあたりでトリエラ達を発見！　さっさと合流しよう！


「トリエラ」

「あ、レン？　どうしたの？　早くない？」

「いえ、早めに移動しようと思いまして……というか、それを言うならトリエラも早いのでは？」

「いやー、無理なお願い聞いてもらったんだから、先に到着してたほうがいいかなーって思って……無駄だったけど」

無駄ではないよ、無駄では。お陰で私、助かった。超助かった！

「いえ、無駄ではないです。ちょっと周囲の視線が気になってたので……」

「あー……レンの従魔、目立つもんね？」

「ええ、まあ……」

それだけじゃないっぽいけどね。まあいちいち言わないけど。

ちなみにトリエラと一緒にいるのは女子メンバーだけ。男子4人は少し遅れて後から来るらしい。みんなのパンを買ってから来るのだとか。まあ、パシリぐらいはやってもらわないとね、マリクル以外は馬鹿なんだし。

と、クロが眠そうにしてる。……っていうかこれ、半分寝てない？　リコが手を引いてるけど、大丈夫？

「はよー、レン！　その引っ張ってるの、なに？」

「おはようございます、アルル。これは今日の勉強で使うものですよ」

「へー……っていうか、そのレンが引いてる台？　なんか凄いね！　便利そう？」

「そうですね、採取にせよ狩りにせよ、収穫が多かった時に便利だと思います」

……何気なく返事を返したら、周りにいた冒険者達がぎょっとした目でこっちを見て、雰囲気が変わった。『なるほど』とか『あれがあればオークの持ち帰りも……』とか聞こえてくる。ぐはっ！　やらかした！

「すみません、ちょっと視線が気になるので早く行きましょう」

「あー、うん。わかった」

色々察してくれたらしい。ありがたい。

　門から出るとようやく視線から解放された。と思っていたら知らない人から声を掛けられた。背が低くて髭面《ひげづら》で筋肉質でごっつい斧《おの》を持ってて……ドワーフ？

「あー、ちょっとすまない、お嬢ちゃん。少し聞きたいんだが、それはどこで買ったんだ？　良ければ教えてくれないか？」

「えっと……？」

「ああ、いや、色々持ち運ぶのに便利そうだと思ってな？　魔法の鞄《マジックバッグ》だのなんだのは高くてなかなか手が出ないし、仮にそういったものが手に入っても、そういう荷物を載せて手軽に扱えるものがあれば便利だからよう、俺もちょっと欲しくなってなぁ……。問題が無いなら教えてもらえないか？」

「なるほど、そういう事ですか。これは場所を借りて私が自分で作りました。商業ギルドに行けば設計図が見れますので」

　この言い方なら色々解釈の仕方があるから、私が設計図を書いたとは思わないはず。……多分。

「既に特許が出てるものなのか……そんな便利そうなもの、よく気付いたな。目端が利くのは冒険者には大事な事だ、頑張れよお嬢ちゃん！　俺も帰りに覗《のぞ》いてくる事にするよ！　お前達も頑張れよ、じゃあな！」

「いえ、貴方も頑張ってください」

　お、誤魔化せたかな？　面倒な事にはならないで済んだみたい？　私に声を掛けてきたドワーフっぽい人が離れていくと、その周囲に別の冒険者達が集まっていって私に聞いた話を聞いてるようだった。うん、こっちに来ないのは助かる。私の代わりに頑張ってください。

「……レンって結構人見知りする割に、なんでもそつなくこなすよね？」

「そんな事ないです。今もドキドキでした」

「全然そんな風には見えなかったよ？」

いや、マジで。知らない人とか怖いです。1年間の引き籠もりで大分ぼっちを拗《こじ》らせてるので。

◇

そんなこんなでみんなでぞろぞろと歩いているうちに目的地に到着。結構な大木の麓でございます。

今は8月下旬、まだまだ日差しも強いのでこの樹の木陰なら多少は涼しいはず？

さて、取り敢えず準備でもしますか。土魔法で人数分の椅子と机を作成。次に教卓も作って、黒板を立てる台も作る。荷物を荷解きして黒板を組み立てて、各机にミニ黒板とチョークとボロ布を置いていき、準備完了。後はマリクルと三馬鹿達が来るのを待つだけ。

初日から遅刻とか許されざるよ？　いや、まだ始業時間じゃないけど。というか時間がわからないのか？　…………んー。

「トリエラ、これあげますので遅刻とかしないようにしてください」

「えっ？　これって……時計⁉　こんな高いものもらえないって！」

「私が作ったものなので別に高くないです。でも気にしないでって言っても気にしそうですし……そうですね、材料費だけ払ってください。小銀貨3枚です」

私が取り出したのは以前作った懐中時計で、今、私の腰元にぶら下がってるものと同じデザインのもの。ちなみに三大複雑機構を全部搭載してたりする。あ、ちゃんとチェーン付きね。まとめて10個ぐらい作ったので一つ二つあげても別に問題は無い。

でも言われてみれば懐中時計ってかなりの高級品だよね。店で見ても確か小金貨数枚とか高いものだと金貨って値段だったはず？　そしてココだけの話、実は小銀貨3枚でも原価割れしてたりする。いいじゃん、相手はトリエラだもん。

「小銀貨3枚って……いや、それでも私達からすれば結構厳しいんだけど」

「出世払いでいいですよ」

「むぐぐ……！　ちゃんと払うから！　待っててね⁉」

「はい」

「……いいなあ、トリエラだけずるい」

「アルルも欲しいなら同じ値段で売りますよ。まだまだ作った在庫がありますから、大丈夫です」

「いいの⁉　あ、私は今すぐじゃなくていいよ！　お金貯めるから、待ってて！」

「いいんですか？」

「うん、取り敢えずトリエラが持ってるから、今すぐ持ってないとめちゃくちゃ困るってわけじゃないし」

アルルも色々考えるようになったね。みんなで自活するようになったからかな？　それに可愛いよね、ツン期も終わってデレデレだし。

「うー、わたしも欲しいけど……うーん」

「わたしも、ほしい」

「クロ、頑張ってわたし達もお金を貯めよう！」

「頑張る」

リコとクロも……3個か、3個欲しいのか？　3個……このいやしんぼめ！　……いや冗談だよ、言ってみたかっただけ。まあなんだ、みんな頑張れー。

０９３　レンちゃん先生の蜂蜜授業

はてさて、準備も終わって少し駄弁ってるうちに馬鹿達も来たっぽい？　なんか色々話しながらこっちに歩いてくるのが見える。


「なーケイン、本当にやらなきゃだめなのかよー」

「読み書きができたほうがいいだろ。お前、依頼票読めないじゃないか」

「えー？　トリエラが読めるんだろ？　ならいいじゃねーか」

「いいわけないだろ。極端なたとえだけど、お前を残して全員死んだりしたらどうするんだ？」

「いや、それはねーよ！　なあ、ボーマンもそう思うだろ？」

「俺は別にどっちでもいい」

「……絶対に無いって言い切れるのか？　大体、いつまでも俺達でパーティー組んでるとも限らないんだぞ？　それにお前、この間一人で買い物に行った時に釣りを誤魔化されたって怒ってただろ？　ちゃんと勉強すればそういう事も無くなるんだぞ？」

「あれは……トリエラかチビが一緒に来れば問題ないだろ！」

「お前の都合だけで2人に負担をかけるのか？　こう言っちゃなんだが、今のお前はリコリスよりも何もできないってわかってるか？」

「はぁ!?　オレがあのチビより使えねーってのかよ！」

「リコリスは今じゃ読み書きも計算もできるし、魔法まで使える。トリエラがレンに聞いた限りじゃあリコリスの魔法の才能はかなりのものらしい。お前は読み書きもできないし魔法も使えない、腕力だって俺達の中じゃあ一番ないだろ？　なら読み書きくらい覚えておいても損はないだろ」

「ちぇっ……わーった、やればいーんだろー？　ったく、めんどくせーなー」

……なんていうかさ、もうやる気無くなってきたんだけど。帰ってもいい？　だめ？

リューの馬鹿王ぶりは全然変わってないみたいで、もうね……。それにボーマンは相変わらずだるそうな顔してるなあ。もっとやる気出せ。

「ケイン、遅い！」

「悪い、でもまだ時間になってないだろ？」

「こういう時は相手より早く来るのが礼儀でしょ！　レンは私達と一緒に来たんだよ？」

「え、マジか」

あー、まあ、ケイン達も予定の時間より早く来てるけどね、一応。

「すまん、レン。待たせたか」

「おはようございます、マリクル。別に待ってませんよ」

「っと、おはよう。だが俺達より先に来てたんだろう？　すまん」

「みんなの分のパンを買いに行ってたって聞きました。ちゃんとした理由があるんだから別に問題はありません」

「おい、ちんちくりん。お前ちゃんと教えられるのか？　本当に読み書きとかできるようになったのかよ？」

私とマリクルが話をしてたらリューが割り込んできた。……って、だれがちんちくりんだ、このクソ馬鹿。私よりチビのくせに、本当にむかつく奴だな！　ノルンにちょっと齧《かじ》ってもらおうか？

「この、馬鹿が！」

ゴスッ！

「ぐあっ！」

あ、マリクルの鉄拳が炸裂《さくれつ》した。

「お前、立場わかってんのか⁉　いい加減にしろ！」

「いってぇ～……わーったよ！　……悪かったな、ちんちくりん！」

……もうさ、本当に帰っていい？

「もうお前は口を開くな！」

ガッ！

「うぎっ⁉」

あら意外、ケインから追撃が。

予想外の展開にちょっとびっくりしてるとマリクルとケインが2人がかりでリューをボコボコに

し始めた。でも別に止める理由も無いから放置。そろそろ時間になるから授業始めようか？

「トリエラ、そろそろ……」

「あ、ちょっ、レン！　その……」

あー、ケインか……何？　正直、最低限以上は口もききたくないんですけど？　声を出して返事したりはせずに、振り返ってジト目で見てみる。

「……」

「えっと、その……孤児院にいた時は、その、あれは……」

「…………」

「あー……えっと」

お前はシドロモドロ君か。はい、時間の無駄。さっさと授業始めよう。

「トリエラ、授業始めますから席に着いていてください」

「わかった！　ほら、あんた達も座って！　ケインも早く！　馬鹿どももさっさとしろ！」

◇

全員席に着いたので授業開始。ちなみに授業中も私はフードを被ったまま。なんだか遠巻きにこっち見てる冒険者とか結構いるし。

トリエラとリコ以外の他の6人には初歩から教えつつ、大分先に進んでる2人には合間を見なが

ら難易度の高そうな文章を書かせたりと、2人専用の問題を出したりしてみる。

うーん、やる気のあるアルル、クロ、マリクルは覚えるのが早いね。後はなんだかんだ言ってやはりケインも早い。ボーマンは……普通？ いや、普通っていっても何が普通なのかたとえづらいんだけど、早くもなく遅くもなく？

予想外だったのはリューで、うーうー唸《うな》りながら意外と真面目にやってたりする。時々頭を掻《か》き毟《むし》って癇癪《かんしゃく》起こしそうになっては、深呼吸して問題の続きに戻ったり？ なんだ、文句言ってた割には思ったよりもやる気あるんじゃないの？ いきなり逆切れして騒いだりしないだけ、全然マシだね。


1時間ほど読み書きの初歩を教えていると、リューとボーマンの2人が限界っぽくなってきたので小休憩を取る事にした。アルルとクロも集中力が途切れ始めてたしね。

「15分ほど休憩にしましょう」

「「「「ふはー……」」」」

んー、他のみんなも大分キてたっぽい？ 仕方ない、ジュースを奢《おご》ってやろう。ってわけでコップを取り出してオレンジジュースを注ぎ、全員に配る。

「これを飲んで一息ついてください。飲み終わったらコップを持ってきてください」

「わーい！」

「うまー」

「なんだこれ、すっげぇうめえ!?」

ふむー、好評っぽい？　まあ毎回こんなサービスしないけどね。初回特典って事で。

……なんかケインが話しかけたそうにしてたけど無視。

ちなみに授業をしてる間、その周囲をノルンとベルがぐるぐると回って警戒していたりする。お陰で余計なちゃちゃを入れてくる連中はいない。遠巻きに見てる人はいるけど、黒板を盗み見したり内容を盗み聞きするにはちょっと遠い、そんな微妙な距離からこっちに近づいては来ない。流石ノルン、私の以下略。

「なあ、おかわりねーのか？　あるならくれよ！」

ねーよ！　お前の分はな！

「ありません」

「ねーのかよ、けちくせえなあ」

殺すぞこのクソチビが。

「え、無いの……？」

「もうすこし、のみたい……」

「リコとクロの分はおかわりありますよ。はい、どうぞ」

「いいの!?」

「わーい！」

ふふふ、可愛いのう！

「おい待てよ！　さっき無いって言ってたじゃねーかよ⁉　なんだよそれ！」

「貴方の分は無いです」

「おい、ふざけ……」

ガンッ！　マリクルの必殺の一撃！　効果抜群だ！　リューは悶絶《もんぜつ》している！

「黙ってろ」

うむ。流石マリクル、できておるのう。

◇

さて、オチもついたところで後半戦にいきますか。でも読み書きの続きにするか計算にするか……んー。

「みんな、勉強の続きはどうしましょう？　読み書きにしますか？　飽きてきたとか、疲れたというなら計算のほうにしますけど、どうします？」

こういう時は多数決。ぶん投げたとも言う。

「うーん、私は別に読み書きのほうでいいかな？」

「俺はちょっと辛くなってきたから、計算のほうをやってみたい」

「オレはこのまま読み書きでいい。つーか、上手く頭の中、切り替えられねぇし」

「……おれはどっちでもいい」

んー、読み書きがアルル、リコ、クロ、リュー。計算がマリクル、ケイン。どっちでもいいのがトリエラとボーマン。というわけで多数決により読み書き継続で。

「では読み書きの続きにしましょう」

一部ブーイングが起きたけど、盛大にスルー。馬鹿のリューも頑張ろうとしてるので、ここは馬鹿に合わせるのも悪くないと思う。


後半戦も特に問題なく終了。

……なんだかんだ言いつつ、何気にリューが頑張ってた。口を開くとむかつくけど。

私が後片付けをしていると、見知らぬ女の子が2人、こっちに近づいてきた。大小2人で、顔つきも似てるし姉妹っぽい？　でも私の所に来るのかと思ってたら、トリエラの知り合いだったみたいで、トリエラに話しかけてきた。

「あの、トリエラちゃん？　こんな所で何してたの？」

「あ、シェリルさんにメルティちゃん。えっとですね……」

2人はシェリルさんとメルティちゃんというらしい。ぱっと見で明らかに猫獣人族。背の高いシェリルさんはロングヘアで、ピンク色の髪に白の猫耳と尻尾。小さいメルティちゃんはショートカットで水色の髪と白の猫耳尻尾。

「読み書きや計算の勉強……もしかして、その教えてくれてる子って、トリエラちゃんが前に言ってた？」

「うん、私の親友の子」
「……あの、私達も教えてもらえる事ってできないかなあ？」
「え？　それは、えーっと……あの、レン？」

……トリエラから説明された話だと、このシェリルさんというのは王都に来てすぐくらいからトリエラに良くしてくれた人らしい。そしてやはり姉妹だったみたい。姉のシェリルさんが13歳で、妹のメルティちゃんは10歳。

シェリルさんも別の街の孤児院出身らしくて、妹と一緒に上京してきたとかなんとか？　で、面倒見がいいシェリルさんが教えてくれたお陰でトリエラ達は多少なりとも薬草の区別ができるようになったらしい。そのお陰で雑魚寝の安宿とはいえ、ちゃんと屋根のある所で眠れるようになったので、トリエラ達の全員の恩人なのだとか。

その後も顔を合わせた時は一緒に薬草採取をしたりしてたみたいなんだけど、ここ最近になっていきなりトリエラ達の薬草知識が一気に増えて、収入も増えて宿も替わった。急にトリエラ達の生活が豊かになった事に驚いたシェリルさんはその理由を聞いて、私の事や資料室の事も知ったのだとか。

でも資料室に行っても読み書きがわからないシェリルさんは困ってたみたい。折角の知識が目の前にあるのに、書いてあるものが読めない。幼い妹もいるので、なんとしても収入を増やしたくて悩んでたんだとか。

そんな時に目の前に勉強できるチャンスが降って湧いた、というわけだ。ふむん。

「レンさん、でしたか……どうかお願いします、私達にも読み書きを教えてください！　このとおりです！」

すっごい頭下げてお願いされてるんだけど、でもなあ……知らない人だし、私達と同じで孤児院出身らしいけど……んー。

「あの、レン、私からもお願いできないかな？　レンが人見知りするのも知ってるし、レンの負担になるっていうのはわかってるんだけど……シェリルさんには本当に凄いお世話になったから、なんとかしてあげたいんだ！　だから、ごめん！　お願い！」

んー…………………………………………………………はぁ。トリエラの恩人っていうなら、まあ、仕方ないか。

「はぁ……わかりました。いいですよ、教えましょう」

「いいの⁉」

「いいんですか⁉　ありがとうございます‼」

「ただし、この勉強会はあくまでトリエラ達に教えるためのものです。ですからトリエラ達がある程度覚えたらそこで終了の予定です。たとえ貴方が半端な状態であっても、です。それでいいなら参加するのは構いません。それと、授業料は一度につき一人銅貨5枚頂きます」

「大丈夫です、それでいいです！　ありがとうございます、頑張ります！」

うーん、流されてる……。私、流されてる……。だめだなあ。

「その他の細かい事はトリエラに聞いてください」

「わかりました！　トリエラちゃん、色々教えてね！」

とまあ微妙にトラブルっぽい事が起きたけど、その後はそれぞれが用意したご飯を食べて解散。

リコやマリクルが物欲しそうにこっちを見てたけど、スルー。トリエラはシェリルさん達をねじ込んだ事を負い目に感じたのか、気まずそうにしていた。

やるって言った以上はやるから、そんな気にしないでいいよ。私が自分で決めた事だからね。

０９４　レンちゃん先生の課外授業

むにゃー！　レンです。

ってなわけで早くも授業3回目です。え？　2回目？　何事もなく普通に終わったよ！　初回同様、ケインはしどろもどろでリューはウザかったよ！

もうね……いや、授業が始まるとリューは凄い頑張ってるんだけど、その前後とか休憩中とかがさぁ……。

ケインは、まあ……毎回、何かを言おうとしてて、何を言おうとしてるのかはわからなくはないんだけど……言いたい事があるならさっさと言えよ！　一応毎回待ってやってるんだけどね、私は！　温情かけて待ってやってるんだから早く言えよ！　このチキンが！

……まあいいや、それで今日は3回目ね。3回目の後半戦、計算の勉強中。

2回目から後半戦は計算教えるようにしたんだよね。流石に私が飽きた。なのでこれからは前半読み書き、後半計算って形でいこうと思います。

間の休憩時間？　別に何もしないよ。ただ休むだけ。ジュース？　出すわけないじゃん。初回は特別サービスだよ。リュー、うるせえ！　そんな態度だから出したくないんだよ！　いい加減悟れっ……！　……ちょっとざわざわしちゃったね、猛省。

そんな感じで後半戦も終了。

うーん、計算はみんな微妙だなー……。1桁2桁はまだいいけど、3桁あたりから大分怪しい。加算減算でコレだと、乗算除算は……あ、でもリコは凄い勢いで解いてるし、トリエラも割とちゃんとできてるし、んー。なんとかなるかなあ？　というかリコ、ちょっと頭良過ぎない？　ちなみにトリエラとリコは先に乗算除算やってるからね。他の面々とは進度が全然違うから。

え？　覚えるのが早過ぎる？　いやまあ、生活とかかかってるからある意味命懸けだし、こんなものじゃないの？

あ、そうそう。今日は勉強云々《うんぬん》よりもちょっと作ってきたものがあるんだよ、アルルとクロに。それを渡したいから後半戦はちょっと早めに切り上げた。

「アルル、クロ、ちょっといいですか？」

「んー？　なにー？」

「レンちゃ？」

「これを2人にあげます」

じゃーん！　投石紐《ひも》ー！　俗にスリングとかいうやつね。ぐるぐる回して石をびゅーんと飛ばすやつだ！　鍛冶の合間にちょっと作ってみた。

「……なにこれ？　紐？　なんかあっちこっち縛ってて……」

「んぅ？」

「見ててください」

適当なサイズの石を適当にいくつか集めて、適当に離れてる木を狙ってまず一投目。ぐーるぐるびょーん！　がつっ！

続いて二投目。ぐるぐるぐるびゅーん！　ガスッ！

止めの三投目。びゅんびゅんびゅんひゅごっ！　ズガンッ！

うん、全弾同じ所に命中。碌《ろく》に練習してなかったけど【狙撃】スキルのお陰で必中。スキル補正って凄いわー。

投げるごとに徐々に威力を上げていったので、三投目では木の幹が軽く抉《えぐ》れている。どれほどの威力が出せるのか理解できたと思う。

「……と、これはこうやって使います」

あれ？　反応が無い？　ってみんなぽかーんってしてる。さっきまでケインやボーマンにぐだぐだと愚痴ってたリューも半口開けてこっちを見ている。ただでさえ馬鹿そうな顔してるのに、そんな顔してたらもっと馬鹿に見えるよ？

「え……なにそれ……」

「全部同じ所に当たった……？　狙ってやったの……？」

「……木が抉れてる。これ、頭とかに当たったらやばくないか？」

ふむーん、シェリルさんやマリクルもびっくりしてるね。ドッキリ成功？

んー、ちょっと周囲を見回してみたら、ちょっと離れた所の林の草むらに角兎《つのうさぎ》発見。結構大きいかな？

それを狙って全力でもう一投。ヒュゴッ！　なんて風斬り音と共に飛んでいって、ボグン！　なんてえげつない音を立てて頭部に命中。うん、一撃で仕留めたっぽい？　あ、ベル、アレ持ってきてもらっていい？

……ちなみに森に引き籠もってた時にコレを作らなかったのは、角兎は狩れても他の相手は無理だからなんだけどね。でもまあ、角兎相手ならコレでも十分。

「こんな感じです」

いや、前にアルルが弓矢使いたがってるってトリエラ達が言ってたじゃない？　でも矢が消耗品だから難しいとかなんとか？　で、ちょっと考えてみて思いついたのがこれなんだよね。

これなら弾の補充はその辺で適当に石を拾えばいいので練習もしやすいし、弓と違って片手で扱える。これで【狙撃】スキルを覚えれば将来的に弓矢使いにコンバートしても死にスキルにならないはず？　威力も馬鹿にならないし、角兎くらいなら上手く当てれば、今、私がやったみたいにこれだけでも倒せる。

なんて事を説明してみたら、みんな物凄い食いついてきた。

「えええええ⁉　なにこの威力⁉　え、これ私に⁉」

「レンちゃ、すごーい！」

「い、石を投げただけで角兎が……⁉」

「すげー！　なあちんちくりん、オレにも作ってくれよ！」

嫌だよ馬鹿野郎。お前はいい加減に口のきき方を覚えろ。

というか、これはアルルとクロのために作ったのだ。トリエラには剣と革鎧《かわよろい》をあげて魔法も教えたし、リコもマントあげて魔法教えたし？　そうなると2人にももうちょっとなにかしてあげたかったんだよね。

シェリルさんがめっちゃガン見してるけど……まあ、仮に量産するにしてもそのうちね、そのうち。ぶっちゃけ面倒くさいし、私的には鍛冶修練のほうが優先だし？

アルル達2人の腰のあたりに投石紐を縛って固定。こうしておけば飾り紐に見えなくもないかな？　おしゃれっぽい？

「こうしておけば目立ちませんし、邪魔にもなりません」

「おおー！　凄い！　レン、ありがとー！」

おお、アルルのハグ！　よいぞよいぞ、もっと褒め称えるがよい！

みんなでめちゃくちゃ騒ぎながら、2人はご飯もそっちのけで早速投石の練習をしだした。全然当たらないけど、まあなんだ、がんば！

あ、そういえばこの仕留めた兎どうしよう？　1匹じゃ皆で分けても微々たる量だし、んー？って悩んでたらノルンがこっそり角兎を獲ってきてたみたいで、まとめて10匹ほど出してきた。

……ねえ、見張りしてたんじゃないの？　え？　見張りしながらベルに獲らせた？　随分と器用な事しますね？　は？　自分だったらもっとたくさん獲れた？　あ、はい。そうですか……え？

血抜きは終わってる？　あ、はい。ありがとうございます。

うん、まあ、なんだ。折角だし皆に角兎の肉の串焼きでも振る舞おうか。前と同じ香草焼きね？

そういうわけでマリクルさん、解体お願いします。

「分けてもらっていいのか？」

「ちょっと色々と考えるのが面倒になったので、折角だから皆で食べちゃいましょう」

私だってたまには何も考えたくなくて逃避したい時があるんだよ……。

「うん？　よくわからんが、わかった。ありがたく食わせてもらう」

毛皮は私がもらっていくけどね。提供するのは肉だけだよ？　あー、ついでだし汁物も作ろうかな？

そうと決まればさくさくと行動開始。土魔法で簡易竈《かんいかまど》を作りながらアルルを呼ぶ。簡単なレシピ教えるよー。

「レシピ、いいの？」

「そんなに難しいものじゃないので、料理をしてればそのうち自分で似たようなものを作るようになりますよ」

材料も買ったものじゃなく、調味料はその辺で採ったハーブとか自生してる植物から作った香辛料とかだし、野菜代わりの野草や山菜類もその辺で採ったやつなので、材料費を考えると実質無料だったりする。肉も自分で獲ったしね。

竈の火は私が火魔法で出す。薪を拾ってくるの面倒だし、今回だけの代用って事で。

先にばらした肉はこっちの汁物の材料に回してもらって、後からばらしたものを串焼きに。肉を焼くのはアルル以外のトリエラ達女子3人に任せた。前にやったからわかるでしょ、って事で復習も兼ねてね。

マリクルは解体の続き。残った男子メンバー達は何をするでもなく涎《よだれ》を垂らして待っている。役立たずどもめ、皿の用意をしたりしてるシェリルさん達を見習え！

そんな事をやってるうちにかんせーい！　11匹分の肉なので、一人1匹分くらいの量？　普通にお腹一杯に食べられるかな？　うーん？

食器の類は【ストレージ】に木製の皿とかがそれなりの量、入ってるのでそれを使った。こんな事もあろうかと！　用意しておいたのさ！　……ソロだけどね。

「美味しいいいいいいい！」

「なんだこれ、アルルの作った串焼きよりうめえ⁉」

「がつがつがつがつがつ！」

「メルティ、折角なんだからお腹一杯食べなさい！」

「レンちゃ、すーぷおいしー！　これすきー！」

うんうん、たくさんお食べ？　ちなみにパンはみんなそれぞれ、自分で買ってきたものを食べている。スープに浸して柔らかくして食べたり？　肉とスープだけだとお腹の中微妙な感じになるからね、穀類大事！

で、当然三馬鹿がおかわりしまくったり、全部食べようとしちゃうわけだ？　阻止したけど。シェリルさんが物欲しそうにしてたので串焼きのほうの残りはお土産に持たせる事にした。妹さんにたくさん食べさせたいんだよね、わかります。

汁物は全部綺麗《きれい》さっぱり無くなった。こっちもやっぱり三馬鹿がたくさん食べてた。ケインが『レンの手料理……！』とか言ってて気持ち悪かった。無視無視。

「勉強も教えてもらって、こんなお土産まで頂いて……本当にもう、なんと言えばいいのか」

「ただの、気まぐれですから気にしないでください」

「いえ、さっきの料理で使ってた食べられる野草なんて私、知りませんでしたし……。読み書き以外にもこんな色々な知識を見せてもらって、本当にありがとうございます！」

いや、うん。気にしないでいいよ、本当に。だからそのうちその猫耳と尻尾触らせてくれませんかね？　もふもふしたいです！

なんて邪な事を考えてたりするんだけど、そんな事を感じさせないように【隠蔽】を使ってるとは思うまい！

うん、ご飯も食べたしそろそろ解散なんだ。ちなみに勉強やご飯を食べる時に使ってる机や教卓は毎回消してるからね？　土魔法マジ便利。

トリエラ達はこれから薬草採取と角兎狩りに行くらしい。三馬鹿は夜もたくさん肉を食べるためにも気合が入りまくってる。

シェリルさん達は今日はもう戻って資料室で勉強するらしい。お土産の焼き肉の匂いをさせたまま森に入るのは危ないから、という判断だとか。ゴブリンとか寄ってきたら危ないもんね。

で、私はというとこれから森の奥に行くのだ。

親方さん達にもその旨は伝えてあるので問題ない。今回行くのは以前リリーさん達と行った薬草採取の穴場よりも更に奥地。

何をしにいくのかって？　ちょっとね、やりたい事があるんだよね。わかるかなー？　わかんないだろうなー？

……いや、日課だよ。日課と言いつつもう2ヵ月以上こなしてないからね！　森の奥で自宅を出して2泊して、明後日にはここで授業をやってから帰るのだ！

いや、別に我慢できるけどさ……最近ちょっと色々あり過ぎて、ストレス発散したいんだよ……。

０９５　久しぶりのまったり自由時間ですね

うー、日課日課。今、日課を求めて（中略）名前はレン。

そんなわけで森の奥まで来てみたんだけど……【探知】スキルの反応を見るに、意外と人がいるものだなあ、というのが率直な感想。

前回来た時と同じくらいの深さまで来たんだけどね、思ったよりも結構な数の人がいる？　更にもう少し慎重に注意してみると、なんだかオークが多いような……？　秋も近いし繁殖期かなにかかな？　だとすればそれを減らすためにそれなりの人数が森に入ってる、というところかな？

であるならばもっと奥に行かねばなるまい。とはいえ昼も過ぎてそれなりの時間なので、急がないと日が暮れるわけで。んー？

なんとなく並走してるノルン達を見てみる。そういえば随分大きくなったよねぇ……私が乗っても平気なくらいには。

……乗っても大丈夫っぽい？

「ねえ、ノルン……乗せて？」

……え、なにその『えー？』って感じの微妙な顔。だめなの？　そこをなんとか！　……なんだか渋々という感じで伏せてくれたけど、乗っていいの？　乗るよ？

さて、よっこいしょ、ってな感じでノルンに乗ってみた。うほ、凄い毛並み！　もふもふしたい……え？　もっとしっかり摑《つか》まれって？　毛、抜けない？　平気？　じゃあこのくらい？　もっとしっかり？　じゃあこのくらいぎゅーっと。

ノルンがゆっくりと立ち上がる……ちょ、高い高い高い！　思ったよりも高い！　前世《まえ》に馬に乗った事もあるけど、馬よりも高い気がする⁉　って急に駆け出さないで⁉　速い速い速い‼　ちょ、もう少し速度落として⁉　怖い！

……あれ、着いた？　あまりの速さに怖くて、しがみついて周りの景色とか全然見てなかった……漏らすかと思ったわ。……大丈夫、漏れてない。でも一応【洗浄】をかけてみる。いや、別に深い意味は無いんだけど。

あたりを見回してみると、どうやら沼？　池？　いや、思ったよりも水が透明だし、泉？　小鳥とかも水を飲んでるから、飲むのは平気そうだけど……ぱっと見、どこかに流れてる様子はないみたい？

それで、えーっと……【探知】だと周辺に人の反応は無いっぽい？　魔物の類はちらほらいるけど、魔物避けをまけば大丈夫かな？　後は念のために結界も張っておけば大丈夫？　というわけでこの泉の周辺一帯を覆うように結界展開、魔物避けも振りまく。おー、周囲の魔物がどんどん逃げ

ていくね……なんか面白い。

結界も張ったので安全確保完了、という事でノルン達は狩りに出かけた。とはいえ【探知】でこっちの様子はちゃんと確認してるとの事だった。流石である。

そして改めて周囲を見回してみる。うーん、ざっと見た感じ結構な量の薬草が生えてるね。取り敢えず【ストレージ】を使って7割ほど回収、根絶はさせない。

こういうものはどれだけあっても困らないしね。それに【ストレージ】に入れておけば傷まないし。【ストレージ】様様だわ。

薬草採取しつつ泉の周囲を観察しながら歩いていると、水辺に見覚えのある変な草が生えているのを発見。あれは……もしかしてイグサ？【鑑定】でも確認、間違いない！　おおお、やっと見つけた！　これで畳が作れる！　ひゃっほーぅ！　早速回収して【創造魔法】！

……の前に、家のどこに和室を置こう？　間取り的には寝室の隣の書斎の予定だった部屋かな？自室から扉で繋《つな》がってるし……あー、でも狭いんだよなあ、あの部屋。となると先に改築したほうがいいかな。

というわけで自宅を取り出してみる。

改築……まずは土台の石垣部分を大きくしてみる。倍、は大き過ぎる気がするから1・5倍くらいに。縦にも大きくしておく。

で、一階もリビングとキッチンを広げる。キッチンにはオーブンとかも設置。リビングには魔道具的なアレで暖炉風の見た目の冷暖房器具も設置。元々そうだったんだけど、ますますダイニングキッチンっぽい感じになった。

風呂場は浴槽と洗い場、脱衣所も広くする。ついでに魔道具的なものでシャワーと給湯器を設置。トイレも少し大きくしつつ、更に一つ増やして、トイレを二つに増設。なお、魔道具的なアレコレで水洗トイレ。最終的には汲《く》み取りなんだけどね……。

一階全体を広げたお陰でまだまだ余裕があるので、元々物置の予定で作ってあった小部屋を客室に改装して、余ったスペースを利用して更にもう一つ客室を増設、客室を全部で三つに増やす。

キッチンの端に地下への階段を移設して、地下に物置用の倉庫も拡張。他にも鍛冶場も置きたかったけど流石に全部の設備をまとめる必要もないので、鍛冶場小屋は後日、別途作成する事にする。庭も広くなったしそっちに作ろうかな？　あー、でも火事とかも嫌だし、やっぱり鍛冶場小屋は持ち運びできるように別に作ろう。

で、一階の間取りが広くなった分、二階も広げる余裕ができたのでそのスペースを利用して、書斎予定だった小部屋を広げて和室に改装しつつ、更に二階にもトイレを設置。使わないけど。

和室と寝室にも空調を入れて、ついでに家の中を全部床暖房にしてみた。寒いの嫌い。後は……んー、取り敢えずはこんなところ？

二階は基本的に私の個人スペースなので客間とかは作らない。場合によっては今の二階を三階に上げて、新たに二階を増設してもいいかな？　とはいえそこまで人を泊める予定は今のところ無いんだけど。ぼっちじゃないよ、ソロだよ。

増えた客室を整えて、改装した和室に畳を敷いているうちにもう夕方といってもいい時間になってしまった。鍛冶場小屋は明日でいいかな、もう遅いし。

とはいっても半端な時間で特にする事も無いんだよね、ご飯を作るにもちょっと早いし。

……いや、ご飯は早くてもいいよね、うん。その後の時間がまとめて取れると考えれば、悪くない。むしろ、良い。

というわけでちょっと早めのご飯を食べて自室へゴー！　エレクトリシティ・セルフジェネレーションだ‼

真紅の王ッ！　朝まで時間を飛ばすッ！　詳細は……見せないッ！

◇

そんなわけで朝日が眩《まぶ》しいです。だから昼まで寝る。ぐう。

で、昼前まで寝て、起きたらお風呂に入って、今は朝ご飯兼お昼ご飯を食べてるわけです。もしゃもしゃ。これ食べたらどうするかなー？　そういえばノルン達はどうしたんだろう？　って、庭で2匹で丸くなってる。返り血で見た目が凄い事に……あとで【洗浄】をかけてあげよう。

さてご飯も食べたし、今日も自由気ままに好き勝手しますかね。まずは腹ごなしも兼ねて周辺の散歩。

適当にぶらついてみたら馬鹿でかい蜂の巣を発見。蜂蜜でも頂こうかしらん？　ってなわけで虫除けをばらまいて働き蜂を追い散らしたら【ストレージ】で蜂蜜回収。流石に根こそぎ奪うのはやめておいたけど、ローヤルゼリーもいくらか頂いておいた。我ながらなんという鬼畜の所業！

泉には鯰《なまず》はいるっぽいけど、鰻《うなぎ》はいないっぽい。蒲焼《かばや》き食べたい……。蓮《はす》とか生えてたら蓮根《れんこん》も食べられるんだけどなあ。筑前煮《ちくぜんに》とか食べたい。

その後も周辺を探索してみたらこんにゃく芋とか、他にもいくつかの種類の根菜類を発見。これでこんにゃくとかも食べられるね。それに今回見つけたコレをもとに【創造魔法】を使って品種改良して……フフフ。

後は竹とか欲しいなあ。筍《たけのこ》も食べたい。

適当にぶらついてから家に帰って、次は鍛冶場小屋を作ってみる。炉の形状はお世話になってる工房のものを参考にして、てきぱきと作っていき、完成！

色々やってみたけど、うーん……大分時間が余ったなあ。

あー、どうしようかな……そういえば色々と食材を手に入れたけど、まだ作ってない料理も色々あったね。というわけで色々と料理の仕込みをしてみる。コンソメスープは……時間かかるからまた今度でいいかな。いくつかは最後まで仕上げてみたり。【ストレージ】があるのでいつでもできたてで食べられるしね。なんで全部最後まで作らないのかって？　そりゃあ今は持ってない食材とか色々手に入れたらもっと美味しく仕上げられるかもしれないじゃない？　そんな理由で食材のまま保管してあるのも結構あったりするんだよ。

料理以外にもお菓子関係も色々作ってみた。

大麦から麦芽糖を作ってそこから水飴《みずあめ》とか、そこから更に飴玉とか。果汁とかも使って色々なフレーバーも作ってみた。後は甘くないお菓子でプレッツェルとかクラッカーとか。プレッツェルは丸い輪っかっぽいのじゃなくて棒状で。食べやすさ重視。他にはゼリーにプリンに焼き菓子とかも色々と。

昨日の改装でキッチンにオーブンも取り付けたのでスポンジケーキも作ろうかと思ったけど、流石に時間がかかるのでそれはまた今度にしよう。

この世界にクッキーは普通にあるし、トリエラ達に食べさせても平気でしょ、多分。煎餅とかあられとかは……ちょっと微妙かも？　まあ基本自分用だからこっそり一人で食べる分には大丈夫かな？　あー、アイスとかも面白そうだけど……それもまた今度でいいか。

となると、後は……あ、折角久しぶりに一人なんだし、こんな森の奥深くなんだからアレ作ろう、アレ。

そう、カレーを！

　というわけでスパイスを調合していくつかの風味のカレー粉を作ってみる。……うん、こんなとこかな？　で、できたカレー粉を使って早速カレールーを作る。今回は……中辛でいいかな。肉は個人的に好きなのでチキンカレーでいこう。

　そんな感じでできあがった寸胴鍋一杯のカレー、早速実食！　……ってあれ、ノルン？　え？　食べたいの？　あ、うん。それはいいけど……食べられるの？　玉葱《たまねぎ》とか入ってるし、なんか身体に悪そうだけど……まあ食べるって言うなら用意するけどね。ノルン達の分も用意して、それから実食。

　うーん、カレーだ……うまうま。久しぶりのカレーに思わずおかわりしてしまった。お腹ぽんぽこりんである。

　でもやっぱりあれだね。やっぱりカレーはほいほい食べさせたりしたらだめだと思う。この世界ではまだ聞いた事ないし、食文化を破壊しそう。あとラーメンとかも。

　……ラーメンも作ろうと思えばいつでも作れるんだよね。スープの仕込みに時間がかかるからまだ作ってないけど。

　などと色々考えながらカレーを食べてたら、なんとまさかのノルンとベルのおかわり攻勢により鍋が空っぽに！

　マジかー……。え？　また食べたい？　いや、頻繁に食べるのはちょっと色々マズいんだけど……。匂いとかがヤバイんだよね、絶対に周りが騒ぐと思うし。でも珍しいノルンの我儘《わがまま》だし、

たまにならいいかなあ？

そうと決まれば後々食べさせるために新たに寸胴鍋三つ分のカレーを仕込む事にする。チキンとポークとビーフで三つ。

いや、今すぐ食べるためじゃないから！　今度ね！　今度！

……なんだか相当カレーが気に入ったみたいだね、ノルン達。可愛いのう……。でもお陰で香辛料の在庫がゴリゴリと減ったから、今度たくさん買い込みにいこう。そしてもっとたくさんのカレーを用意してあげるのだ！　丁度お金もたくさん増えたしね！　いつも色々助けてもらってるから、これくらいはね？

新しくカレーの仕込みをしてるうちにお腹もこなれてきたので、ちょっと早いけど今日も部屋へ閉じこもる事にする。へへへ、今夜は寝かせないぜ……？　いや、明日は朝早いからちゃんと適当な時間になったら寝るけどね。

◇

……おはようございます、レンです。昨夜は色々と新しい発見がありました。知的好奇心も満たされ、実に清々しい朝であります。

あー……すっきりした。それにしても、まさかあんなところも……なるほどなー？

え？　びっち？　まだ新品ですけど？　どすけべだけどくそびっちじゃないです。

閑話休題。

ノルン達は昨日の夜は狩りに行ってたとかで、随分とたくさんの食材を獲ってきた模様。一昨日の分も合わせると……うん、しばらくは肉には困らないね。オークが凄いたくさん、鳥系の魔物も色々、コカトリスも2羽追加です。卵もいくつか。あと、珍しい事に牛系の魔物もいくつか。他には蛇系？　蛇か……鳥っぽい味らしいけど、んー……から揚げにでもする？

それはそうと、リザードマンって食べられるの？　え？　ノルン達の食べる分なの？　皮が防具に使えるらしいって？　……よく知ってるね。それでこっちの大きめで黒い個体は何？　上位個体なの？　リザードマンウォリアー？　へー……というかリザードマンとはいえ人型の死体が十数体って、普通に強烈な絵面なんですが。

気を取り直して【ストレージ】に収納。どんどん仕舞っちゃおうねー？　……ふと思ったんだけど、収納系スキルがあったら完全犯罪とか余裕じゃないの……？

ちなみに収納系スキルで万引きとか窃盗はできません。所有権がないと無理らしい。他にも色々条件があるとかないとか？　そのあたりは神様が何かしてるらしい。

あと、生命体も基本的には無理。でも一部例外があるとかなんとか……？

さてノルンからお肉も受け取ったし、そろそろ帰り支度でもしましょうかね？　といっても自宅を仕舞うだけなんだけどね。

……でも帰りもまたノルン超特急なの？　ガクガクブルブル……え？　少しは加減してくれるの？　ほんとに？　でも少しでしょ？　もう少しこう、加減をですね？　……急がないと間に合わない？　……そーっすね。

……それじゃあお願いします。

って待って待って待って速い速い速い速い前より速い速い速い速い速いぃあああぁぁぁぁあああぁぁああああぁぁぁぁあああぁぁぁぁぁぁぁぁぁあ！！！！！！

『レンは【騎乗】スキルを習得した！』

096　おさんどん系アイドル　レンちゃん先生

フリーダムなお泊まりからの帰りもノルン超特急だったりしたわけだけど、結局行きと同様の移動速度だったので死ぬような思いをしたわけですが。

……乗ってる途中で、風魔法で防護壁を張ればいいんじゃね？　と思いついてやってみた結果、恐ろしく快適な乗り心地になって今回は漏らさずに済みました。あ、ごめん嘘《うそ》。前も漏らしてないよ。いや、マジで。

そんな感じで帰りは途中から快適な移動になったりしつつ、授業の時間には余裕で間に合ったりしたわけですよ。……漏らしてないから、本当に。

ちなみにノルンはちょっとしたいたずらのつもりだったそうです。ちょっとどころじゃないよ、勘弁してください……。

ところで、本来なら今日の授業って明日やるはずだったんだよね。元々は2泊じゃなくて3泊する予定だったし。でもねえ……アルノー工房の皆さんに泊まりで遠征はだめって大反対されまして。

私は元々ソロだし、泊まりの遠出だって経験があるし、ノルン達もいるから平気だって言ったんだけど、ちびっ子一人では危ないと断固反対されましてね……。

それでもなんとか説得した結果、２泊まではＯＫが出た、というね……。１泊のところを、頑張ってなんとかもぎ取ったのだ。でも２泊がいいなら３泊もそんなに変わらないじゃんよー。というか別に私従業員じゃないし、ただの間借りだし。過保護過ぎない？

それはさておき。

でまあそんな事情があったりしたわけだけど、トリエラ達が来る前に【洗浄】も使って机とかも準備して、色々取り繕って授業開始したわけですよ。表情も【偽装】スキルを使って誤魔化したから何も問題は無いはず。……大丈夫だよね？　いや、漏らしてないけどね？

◇

そんなわけで今回で４回目なわけですが、うーん……リューの馬鹿っぷりがちょっと微妙。やる気はあるんだけど、結果がついてこない。非常に勿体《もったい》ない。

ボーマンなんかはいつもどおりのやる気の無さがありありと見て取れて、当然その態度相応に結果が出ない。そういう意味ではリューよりも酷いとも言える。

やる気も結果も出てるのがマリクルとケイン。

ケインは性格とか色々とアレなんだけど、やはり地頭の良さというのはこういう時に発揮されるわけで、普通に優秀だった。まあ、未だにしどろもどろなんだけど。

……そろそろちゃんと言葉にしないといい加減、私も待つのやめるよ？　未だに色々恨んでるんだからね？　……なんというか、なあなあにされそうな気がする。まあその場合は完全に拒絶するだけだから、それはそれで別にいいけどね。クソが。

マリクルは普通に優秀。本人が基礎の大切さを知ってるから、基本を重点的にやらせても文句一つ言わずに淡々とこなす。我慢強い気質とかも合わさって、地道な基礎練習は苦手じゃないみたい？　ある程度の応用とかもやらせてみたけど、後は放っておいても勝手に勉強して結果を出すと思う。

女子メンバーだと、飛びぬけてるのがリコ。とんでもなく優秀。読み書き計算、この子がいれば何も問題は無い。目上の相手への手紙とかも多分問題なく書けると思う。計算は、使い道は無いけど分数の計算も教えてみた。普通に覚えて普通に解けてたあたり、凄く覚えがいい。もっと色々と教えたいけど、貴族でもない限り数学者になっても食べていけるわけじゃないからね……。

トリエラは割と普通というか、やや優秀？　とはいっても元々秀才タイプなので、放っておいても勝手に勉強して、最終的には優秀な結果を出すと思う。

アルルは、普通。足し引きは問題なくできる。そろそろ乗算除算教えてもいいかな？

クロは、アルルよりちょっと劣るくらい？　とはいえ問題が無いレベルにはなってると思う。

そんな感じで、今日の授業も終わって撤収準備中なんだけど……生徒達は午後からの採取なんかに備えてご飯の準備をしてたりする。

その様子を眺めながら、早く後片付けして帰って鍛冶の続きをやりたいな、なんて考えてたんだけど……。

「なあ、ち、じゃねえやレン、今日はなんか食べるものとか作んないのか？」

リューか。今、またちんちくりんって言おうとしたよね。殴りたい、この笑顔。でも言わないで言い直したから今回は許してやろう。

「作りませんよ。そもそも前回のあれは、ただの気まぐれです」

「そっか。じゃあさあ、お金払うから作ってもらうっていうのは大丈夫か？　勉強見てもらうのだって報酬払ってるわけだし」

……はい？　なに言ってんのコイツ？

「……」

「な、なんだよ。そんなに見て、な、なんかあんのか？」

……信じられない、あのリューがこんなまともな提案をしてくるだなんて。思わずフード下ろして眼鏡も外して、まじまじとリューの顔を凝視してしまった。

あれ？　だんだん顔が赤くなってきた。なに、どうしたの？　……って、他の子達からの視線が集中してるけど、なに？

「トリエラちゃん、レンちゃん先生って……凄く、可愛いのね」

「あー、うん。内緒にしてね？」

「え？　なんで？」

「まあ、ちょっと色々と……」

……あ、顔。……取り敢えず何事もなかったかのように眼鏡を掛け直してフード装着。うん、何もなかった。ケインが気持ち悪い視線送ってきてるけど、何もなかったったらなかった。

というかシェリルさんも私の呼び方『レンちゃん先生』なの？　普通に先生でお願いします。

「リュー、熱でもあるんですか？　具合が悪い時はちゃんと安静にしてないとだめですよ？」

「はあ？　何言ってんだ？　別に具合なんて悪くねーぞ？」

「え？　でも、貴方があんなまともな提案をするとか、考えられないです。てっきり、頭がどうかしてしまったのかと……」

「おまっ……!?　オレだってあれだけみんなから言われれば少しは考えるっつーの！」

「はあ？　あのリューが……？　…………そうですね、そういう事もあるのかもしれませんね」

「ぐっ……！　ダメだ、ここでキレたらダメだ、深呼吸、深呼吸…………ふぅ…………それで、どうなんだよ」

え、我慢した？　……あれ、本当に成長してる？　ふーん……？　まあ、それならちゃんと相手しないと、だよね？

「そういう条件であれば、別に構いませんよ」

「マジでか!?　やった!!　じゃあ頼む！」

「え、またレンの料理食べられるの⁉」

「マジか……！　レンの手料理……！」

あらら、周りの皆も俄《にわ》かに騒ぎ出したね。でもね？

「ええ、それはいいんですが……材料は？」

「え？　材料？」

「はい、材料です。材料が無ければ何も作れませんよ？」

うん、材料が無いとね。

「まさかとは思いますが、前の時のように今から私に集めろとか言いませんよね？　それくらいは自分達で持ってくるのが普通だと思いますけど？」

うん、リューの提案は『報酬を払うから料理を作ってくれ』だからね。『料理を売ってくれ』じゃないんだよ。なら、料理を作るにはそのための材料が無いとだめだよね？　我ながら意地悪で性格悪いね！　ふははは！　いや、周囲の目もあるしさ……授業の回数を重ねるごとに遠巻きに様子を窺《うかが》ってる人が増えてるんだよ……嫌になっちゃう。

「えーと、材料……」

うん、リューが困ってる。他のみんなも何かないかとあたふたしてる。そんなに私の作ったご飯が食べたいのかな？

んー、今まで肩掛け鞄《かばん》を魔法の鞄と偽って色々と取り出す振りをしてたけど、女子４人とマリクル以外はテントとかを取り出してるところは見てないから、食材も持ち歩いてるとは思わないんだろうなあ……というか、マリクルは私が鞄から色々とご飯とかを取り出してるところを見てるはずなんだけど、混乱してるのかその事実に気付いてないっぽい？　あるいは気付いてない振りをしてくれてるのか……。

……あ、トリエラとリコだけは困ったような顔してこっちを見てるから、気付いたみたい？　まあ今まで散々餌付けしてきたからね、気付かないほうがおかしい。とはいえ、んー……仕方ないなあ、今回はリューの成長に免じて適当になにか売ってあげてもいいかな？

でもなにがいいかな？　汁物は鍋を出さないといけないからちょっと微妙？　いや、空鍋を出すならともかく、中身入りはなんだか問題ありそう？

肉系、となると焼き肉とかになるかなあ？　揚げ物は問題がありそうだし、ハンバーグは……いいのかな、まずいのかな、ちょっとわからない。他の凝ったものは色々アウトっぽいだろうし……うーん？

んー……あー、パスタにでもしようかな？　結局今から作る事になるけど、まあそのくらいならね。

「……材料が無いなら無いで、私の手持ちからの提供になりますけど、いいですか？　その分、高くなりますが」

「えっ？　手持ちって、どこに持ってんだ？」

「この鞄に入ってます」

「……もしかして、魔法の鞄？　マジで？」

「マジです」

そういう事になってる。でも実際は収納スキル持ちなので、この鞄を盗まれても中身は空だから別に困らないといえば困らない。あ、収納スキル持ってるってばれるって意味では困るかな？

それはともかくとして、早速調理準備開始。毎度のように土魔法で竈《かまど》を作って、鍋を取り出してお湯を注いで火に掛ける。お湯が沸くまでの間に挽《ひ》き肉を用意。うん、面倒だしミートソースです。肉も食べられるしね。ペペロンチーノとか他のパスタ料理でも別によかったんだけど、欠食児童達には肉が入ってるほうがいいかなーって思って？　さて、ちゃっちゃと作ろう。


というわけで完成、ミートソーススパゲティでございます。一皿あたりはちょっと大盛り。みんな食べ盛りだしね、ちょっとしたサービスという事でひとつ。

「一人１皿小銅貨３枚、おかわりは無しです」

……あ、全員買うのね。別にいいけどどね。

「なんだこれ……すげー良い匂いがする」

「うまー！　レンちゃ、うまー！」

「もぐもぐもぐ！」

うーん、前回と似たような状況に……あ、ついでだし私もここで食べちゃおう。もぐもぐ。

「はあ……美味しかった……」

「なあレン、おかわりはだめなのか？」

「そもそもおかわりの分が残ってないです。自分で買ってきたパンが残ってるでしょう？　それを食べてください」

「くぅ、チクショー……こんなに美味いのに、もっと食いたいのに……！」

……なんだか、次回以降も作らされそうな気がする。んー……それだったら先に用意しておくほうがいいかな？　三馬鹿はともかくトリエラ達には何か食べさせたいし、シェリルさん姉妹は可愛いし？　もっと色々餌付けしたい！

食事が終わった後は全員解散。トリエラ達は2チームに分かれてそれぞれ角兎《つのうさぎ》狩りと薬草採取、シェリルさん姉妹は薬草採取をするらしい。ちなみにシェリルさん姉妹は収入が増えたのでトリエラ達と同じ宿に移ったそうな。あと、ケインは未だにしどろもどろ。もういいよ、お前。

工房目指しての家路。コロコロとカートを引いて歩いてると、コミケの帰りを思い出す。若かったあの頃……フフ、サークル参加もしてました、はい。

工房に帰った後は数日振りに鍛冶修練。ＬＶ９は果てしない……地道に頑張ろ。

０９７　お久しぶりのトラブルですか？

今日は授業の５回目。

前回は私が遠出をする都合で１日早く開いたので、今回は１日遅く開催する事で開催間隔の帳尻を合わせてみた。親方達の反対が無ければこんな面倒な事をしなくて済んだのに……ブツブツ。え？　気にしないで授業やればよかったって？　それじゃあ私の修業時間が減るじゃない。それはだめだよ、あくまで自分の事が優先です。私は聖人君子じゃないからね。

それはともかく、今日も今日とて授業をしてるわけなんだけど……何故か生徒が増えてます。どうしてこうなった。

いや、マリクルが恩人枠を連れてきてね……。前にマリクルが持ってた木の盾の造り方とかを教えてくれた人らしいよ。

名前はギムさん。ドワーフの斧《おの》使いで前衛重戦士。実は前に私にキャリーカートの事を聞いてきた人だったりする。

ドワーフ……斧使い……ギム……呪われた島？　ウッ⁉　これ以上はいけない……！

ギムさんは結構なベテラン冒険者さんなんだけど、なかなか良いタイミングが無いまま、きちんとした読み書きや計算の勉強ができないでいたそうな。そんな時に以前世話を焼いてやった駆け出しが、自分も声を掛けた事がある目端の利きそうなちみっ子に勉強を教えてもらっているのを発見したらしい。

折角のこの機会、きっと何かの思し召しだろうという事で、マリクルに頭を下げてきたんだそうな。格下の相手にでもちゃんと頭を下げて頼み事ができるっていうのは凄いよね……。で、私もそんなマリクルに頭を下げられて仕方なく教える事にしたわけですよ。正直面倒くさいけど。

一応シェリルさん達と同じ条件を呑《の》んでもらったので、終了時に揉《も》め事は無いと思いたい。

ちなみに増えたのはギムさんだけではなく、ギムさんのパーティーメンバー3名を含めた計4名。

マリクルの頼みだから今回も受け入れたけど、流石にこれ以上は増やすつもりはないので全員にその旨は言い含めておいた。土下座されても受け入れません、あしからず。

◇

「……先生、これはこれで合ってるか？」

「どれですか？　……はい、大丈夫です。正解ですね、よくできました」

「せ、先生……恥ずかしいんだが」

ギムさんの頭を撫《な》でて褒めてあげる。私、生徒は褒めて伸ばす主義です！　たとえ相手がおっさんであってもそれは変わらないのだよ？　このクラスはいじめの無い良いクラスです！　ただし三馬鹿は除く。

え？　いじめ？　差別？　いいえ、これは区別です。

それはともかく。

「なあレン、これはこれでいいのか？」

「……そうですね、合ってるんじゃないですか？」

ケインがうざい。物欲しそうな顔でこっち見るな、きもい。

はぁ……リューの一件でうっかり顔見せちゃったのがまずかったなぁ……。あれ以来、熱い視線が非常に気持ち悪い。

私がリュー相手にでもちゃんと対応したのを見て、私の態度が軟化したとでも思ったのか、なんだか距離を詰めようとしてて非常に鬱陶しい。その前に通すべき筋をちゃんと通せと！　多分いつものように自分に都合の良いように解釈してるんだろうけど、そうは問屋が卸さないのだ。

でもまあ、私個人としては係わり合いになりたくないのでこのままやらかしてくれたほうが縁切りしやすくてありがたかったりする。まあ元からケインなんてどうでもいいけどね。

で、授業も終わって今日も撤収の時間になったわけなんだけど……、何故だかまたしても料理をする羽目に。

材料を用意してお金を払えば私がご飯を作ると聞いたギムさんが、何故かちょっと森に行ってオークを獲ってきてくれたのだ。５分もかかってないとか、流石Ｃランクのベテランさん。でも依頼票はなんとか読める程度しか読み書きできないんですね……。読み書きの重要性はわかってたから焦ってたらしいんだけど、冒険者の教養の無さにちょっともにょる。仕方ないとは思うけどね……。


でもなんでそんなに張り切ってオーク狩りしてきたんですか？　え？　マリクル達が私の作ったご飯を物凄く褒めてた？　ああ、そうですか……。


うーん、なんて話してるうちに解体まで終わらせてるとか、早いですね。

もうなんか色々悩むのめんどくさ……。諦めてご飯作ろうかな。しかしオーク肉かー……。焼く？　皆、パンは持ってるから、ハンバーガーもどきとか？　でも彩りとか栄養バランスを考えると野菜が欲しいかなぁ？　だけど野草とか摘むのは時間かかるからなー……。なんて悩んでたらギムさんが乾燥野菜を出してきた。本来は茹《ゆ》でたり水に漬けて戻したりして使う、なんだかキャベツっぽい保存食だ。これも使ってよいという事なので、早速茹で戻して使う事にする。後は持ち出しで生姜《しょうが》と調味料をいくつか使う事にして、生姜焼きでも作るかな？　パンに挟んで生姜焼きサンドみたいな感じで。

豚生姜焼き……ポークジンジャーか。オーク肉だからオークジンジャー？　……？　あれ？　違和感が無い？　んー？？？

いやいや、そんな事どうでもいいわ。さっさと作っちゃおう。茹で戻した野菜を刻んで、漬け汁に漬けておいた肉も焼いて、具材はおっけー。後はみんなのパンを薄めにスライス。結構大きいパンだから薄く切れば一個あたりなんとか6枚切りにはできるので、これで一人3個はサンドが食べられる。肉もたくさんあるし、たくさんお上がりよ！

パンに野菜と肉を挟んで、生姜焼きサンドのできあがりー！

「うめえええええええ！」

「なんだこりゃ、こんな美味いもん初めて食ったぞ⁉」

「オーク肉がこんなに美味くなるのか……⁉」

「もぐもぐもぐもぐもぐもぐ！」

「醤油《しょうゆ》……醤油を使ったレシピ……」

んー、好評っぽいのはいいんだけど、戦場のような惨状になってしまった。

というかここのところ、授業して料理してって、似たような流れを繰り返してるような……。天丼ネタは2～3回が限度じゃないかな？　まあどうでもいいや、自分の分を食べよう。もぎゅもぎゅ。あー、食パン欲しいな。前に焼いた分は全部食べちゃったからもう無いし、今度また焼いておこう。

ご飯も終わって料金徴収。私はこれで帰るけど、他のみんなは採取とかやるらしい。ギムさんが獲ってきたオークの肉は大分余ったけど、ギムさんは子供達に結構な量を分け与えていた。子供はもっとしっかり飯を食え！　だそうな。いい人だなあ……。偽善者の私とは違うね！　格好良い大人だ！

なんでも、ギムさんは自分が駆け出しの頃にベテラン冒険者に親切にしてもらったらしく、自分がそうしてもらったから自分も新人に同じようにしてやってる、という事だった。マジで格好良い大人だね、私にはとても真似できない。

それからというもの、毎回昼にはギムさんが材料提供するようになった。でも毎回オーク肉って、使える調味料やレシピ公開の問題もあるから、作れるものが色々制限されるんですが。白重しないならいくらでも作れるものはあるけど……いや、別にいいけどね、適当に何か作るし。

◇

でまあ、そんな感じに何度か授業をしていたわけだけど、8回目の授業の休憩時間の時に変な人がやってきた。うん、揉め事の予感がする。

「貴方が冒険者達に読み書きを教えているという、噂《うわさ》の聖女ですか？」

は？　なんだそれ？　聖女ってなに？

「いいえ、違います」

というかあんた誰？

「違う？　ですがここで読み書きや計算を教えてるのでしょう？」

「読み書きなどは教えてますが……そもそも、貴方は誰ですか？」

「これは失礼。私は冒険者ギルドの者です。ここで読み書きのできない冒険者相手に無償で授業をしてる方がいると聞きまして。ちなみにどのくらいの頻度で教えてらっしゃるのでしょう？」

「はあ、ギルドの……勉強を見てるのは３日に一度ですね」

「３日に一度ですか……なるほど。では、間の２日は空いてるという事ですね。ではその間の２日に何人か連れてきますので、その連中に読み書きを教えてもらえませんか？」

は？　なんで私がそんな事しないといけないの？

「お断りします」

「……貴方はここで無償で読み書きを教え、食事まで与えていると聞きましたが？」

「読み書きは教えていますが無償ではないですし、食事に関しても材料が用意された場合に手間賃をもらった上で調理してるだけです」

「無償で施しを与える聖女と聞いていたのですが……。いえ、わかりました。では、連れてきた者達に授業料を払わせますので、お願いします」

「お断りします」

その言い方って事は、最初は無償で教えさせるつもりだったの？

「……授業料だけでは足りないと？　聖女という割にはがめついですね……。では別途、ギルドから報酬を払います」

「いらないです」

聖女なんて名乗った覚えは無いよ？　そもそも聖女ってなんだ？　私はそんな善人じゃないし、ボランティアで奉仕作業に従事するような崇高な精神は持ち合わせてはいない。

「そもそも、何故私がそんな事をしないといけないのでしょうか？」

「はぁ……仕方ありませんね、それでは説明してあげましょう。ギルドでは冒険者の質の低さを問題視しています。読み書きや計算ができないためにトラブルが起きる事は茶飯事ですからね。ですがいくら学の無い連中でも多少の教養が身につけば行動も少しはマシになるでしょう？　そうなれば冒険者の悪評も減ります。他にも色々なメリットはありますが……まあ、貴方に説明してもわからないでしょう。要は冒険者全体のために、ギルド主体による初期教育を施そうという話なのです。ですがそういった教育を施すにも現在のギルドは人手不足でしてね……。そこで噂になってる貴方にお願いしようという話になったのです」

……子供だと思って完全に小馬鹿にしてる態度だよね、さっきから。というか、こいつなんなの？　なんでいちいち上から目線なの？　喧嘩《けんか》売りに来たの？

「ギルド主体だというのに、私が勉強を教えるんですか？」

「ええ、報酬も出しますし、何も問題は無いでしょう？」

いや、問題だらけだし。話になったのですじゃねーよ。そもそもギルド主体と言いながらなんで私が教える事になってるの？　私のメリットが何も無いじゃん。どういう事なの？

「なるほど、そういう事でしたか……わかりました」

「では受けて頂けるんですね？」

「お断りします」

「……理由を聞いても？」

「私がその話を受ける理由が何一つとしてありません。私にとってはデメリットばかりでメリットが何もありませんし、何より勉強を教える時間がありません」

「ふむ……彼らに教えてるのは3日に一度でしょう？　なら間の2日は空いているのでは？」

「空いてません。私にも予定があります」

そんなの、鍛冶やる時間が無くなるじゃないの。

「なら彼らと一緒に教えればいい」

「お断りします。私はそんなに大勢に教えられるほど要領がよくありませんので」

というのは建て前で実際のところは単純に面倒くさいだけだ。あとお前がむかつくからやりたくない。正直言うと【マルチタスク】があるから余裕でできると思うけどね。

「……これは冒険者全体の問題なのです。貴方一人の我儘《わがまま》が通る話ではないのです」

「冒険者全体の問題というのであればそれこそギルドでなんとかする事なのでは？　私の我が儘とおっしゃいましたが、そもそもいち冒険者に過ぎない私が何故そんな事をしないといけないんですか？　冒険者一人に負担を押し付けるのは明らかにおかしいと思いますけど？　それはギルドの怠慢なのでは？」

「言動には気をつけなさい、あまりこちらを怒らせない事です」

「私は何もおかしい事は言っていないつもりですが？」

「……ギルドに喧嘩を売る事の意味を理解してますか？　相応の対応をする事になりますが、わかっていますか？」

なんでそうなる、意味わからん。

そういえばこういう奴ってたまにいるよね？　妙に高圧的で上から目線で物を語って、話題と論点を微妙にすり替えてこっちが悪い、みたいに話を持っていこうとする奴。コイツは詐欺師とかそういう手合いかな？

「脅迫でしょうか？　私は別に喧嘩を売ってるつもりはありませんし、普通の事を言っているつもりです。そもそも、ギルドといえど下位ランクの冒険者に行動の強制などはできないはずです」

「……なるほど、わかりました。貴方の発言などは全てギルドマスターに報告させて頂きます。相応の処罰が下されるでしょうが、後から謝っても遅いですからね」

「……お好きなようになさればよろしいのでは？」

マジで意味わからん、やっぱり詐欺師の類か？　この言いようだと自分に都合の良いように報告するんだろうなあ……。それで冒険者資格取り消しとかかな？　あー、あまりにもむかつき過ぎて、逆にどうでもよくなってきた……よし、まともに相手するのはもうやめよう。私にとってこの人は、もうどうでもいい人だ。

今は商業ギルドにも登録してるし、ギルドカードを身分証明書として考えるなら別に冒険者じゃなくなっても何も困らないし、好きにすればいいんじゃないかな？

というかこの人、何しに来たの？　喧嘩売りに来たの？　冒険者に読み書き計算を教える事のメリットとかは色々あるんだろうから、そういう教育をしたいってのはわかるけど、なんで私に頭ごなしに命令してくるの？　馬鹿じゃないの？　処罰だっけ？　もう勝手にしてよ。

「おい、ちょっと待て」

あら、ギムさん？

「なんですか、貴方は？」

「俺はギム、Cランクの冒険者だ」

「Cランクですか……それで？」

「さっきから横で話を聞いてたが、アンタ言ってる事がおかしくないか？　なんで先生が他の連中の面倒を見ないといけないんだ？　先生が言ってる事は何もおかしくないだろう？」

「はあ……これだから学の無い連中は……。これは冒険者全体に利益のある事なんです、子供一人の我が儘でどうこうできる問題じゃないんですよ」

「冒険者全体の問題っていうならなおの事おかしいだろう？　それこそ先生が言ってたようにギルドがなんとかするべき事のはずだ。一人の冒険者に押し付けるような事じゃない」

「ですからこうして話をしにきたんですがね……。まあ、それも無駄だったようです。そこの君、覚えておきたまえ？」

「おい、待て。勝手に話を終わらせて帰ろうとするな。さっきギルマスに報告するとか言ってたな？　俺も同席するからな」

「はあ？　何故貴方を同席させないといけないんですか？　そんな権利は貴方にはありませんよ？」

「いや、権利があろうとなかろうと同席させてもらう。アンタのさっきの言い分は明らかにおかしい。そんなおかしい奴がギルマスにある事ない事吹聴しないように俺が見張らせてもらう」

「ふざけるな！　何の権利があって……」

「おい、そこで何をしている！」

あー、また別の人登場か。次から次と面倒くさいなあ……今度は誰？

「ギルドマスター!?　……何故ここに」

「それはこちらのセリフだ。リカルド、何故お前がここにいる？」

「いえ、それは……その」

あーもー、一体なんなの？　授業の続きができないんだけど？

０９８　トラブルさん、お帰りはあちらです

「もう一度聞くぞ、リカルド……何故ここにいる？」

「それは……」

　突然目の前で繰り広げられ始めた男同士の修羅場！　……一体私にどうしろというのか。いや、授業の続きをやればいいだけだよね、勝手にやっててください。

「ギムさん、授業の続きを始めますから、席に着いてください」

「は？　いや、先生……この状況で始めるのか？　話はまだ終わってないだろう？　先生も当事者じゃないか」

　もう当事者じゃないよ？　私の言いたい事は大体言ったし、さっきの脅迫じみた事を言い出した後のやり取りで私にとっては終わった事になっている。後は相手の出方次第だ。

　そこにいきなり現れた人が失礼な人と口論を始めただけなんだから、別に私は関係ないよ？

「いきなり現れて揉《も》め出した人達に、私が何をどうしろと？」

「いやいや、流石にそれはどうかと思うぞ？」

　そんな事言われてもなー。

「……リカルド、そちらのお嬢さんが噂《うわさ》の聖女殿か？」

「その……はい、そうです」

違うよ、誰がいつ聖女になったというのか！　風評被害はやめて頂きたい！

「随分とご立腹のようだが……お前、何をした？」

「それは、その……」

「ギルマス、俺が説明する！」

「ギムか。すまんが頼む」

「ま、待ってください！　それは、私が……！」

「いや、お前に説明させたら都合の良いように偽るかもしれん」

「……それは、私が嘘《うそ》をつくと？」

「そうだ。お前は以前にも偽証した事があるからな。だがギムはそういう事はしない男だ。今までの活動を見てきた限り、ギムは信用できる」

「助かる、ギルマス。それでだな………」

んー、勝手に話が進んでいくね。授業の続きしたいんだけど……話の流れ的に、新たに現れた高齢のおじさんはどうやら、ギルドマスターっぽい？　先に来てた自称ギルドの人となんだか揉めてるんだけど、私は喧嘩《けんか》を売られたほうだし、そういう意味では当事者なんだけど上手く説明できる気がしない。相手の事情もわからないし？　でもギムさんが説明とかしてくれるっていうなら面倒な手間が省けて助かる事は助かるし、ここはお任せしよう。

で、ギムさんが失礼な自称ギルドの人の言動や態度なんかを詳しく説明したんだけど、話がわかるや否や途端にギルマスさんが不機嫌な顔になって自称ギルドの人を睨《にら》み出した。

「リカルド、この件は俺が仕切ると言ったはずだが？　何故勝手にこんな事をした？」

「それは……その、この程度の案件でマスターが出る必要は無いと……」

「……この件はギルドのこれからにも関わるデリケートな案件だと言ったよな？　こちらは頼む側なのだから、対応を間違えないようにしなければいけないと」

「それは……ですが、相手は子供です。マスターがそこまでする必要は」

「相手の年齢は関係ない！　こちらは頼む側なんだぞ、礼を尽くして当然だ！　そんな事もわからないのか⁉」

「…………」

「聞けばお前はかなり失礼な態度だったようだな？　高圧的で威圧的だったと……それに、勝手にギルドの名前を使い、脅迫じみた事を言ったと」

「それは、あの子供の態度が！」

「彼女は何もおかしい事は言っていない！　おかしいのはお前だ！　一体何を考えてこんな事をした！」

「…………」

あー、なんていうか……私、完全に蚊帳の外？　自称ギルドの人がなんだか色々先走ったとかそういう話かな？　でもね、そういうのは他所でやってくれないかな……こっちも予定が押してるんだけど？

「あの、ちょっといいですか？」

「おお、お嬢さん、色々と申し訳ない。なにかな？」

「揉めるなら別の所でやってもらえませんか？　こちらも授業の続きをしたいので、茶番はここじゃない所でお願いします」

うん、こっちはお金もらって勉強見てるんだよ。つまりお仕事。邪魔しないで欲しい。

「茶番だと⁉　おい餓鬼、いい加減にしろよ！」

「リカルド！　いい加減にするのはお前だ！」

おー、怒った。でもね、怒ってるのは私のほうなんだよね？

「すまない、お嬢さん。邪魔をしてしまったね……離れた所でやるので勘弁して欲しい」

「いえ、こちらの邪魔をしないのであれば、別に」

「うん、それじゃあちょっと離れさせてもらうよ……ギム、すまないが一緒に来てくれ。リカルド、ついてこい！」

「すまん、先生。ちょっと行ってくる」

「はい、面倒を掛けてすみません」

うーん、これでギムさんに借りひとつかなぁ……？　まあ、ああいう人に対してなら別にいいかな、信用できる人だし。

というわけで問題の人達は少し離れた所でお話し合い中。ちなみにギルマスと一緒に護衛っぽい人が3人ほど一緒に来ていた。うち、2人がなんだっけ、リカルド？　だっけ？　とかいう人を警戒してるような感じ。もう一人は少し離れて逃げないように見張ってる感じかな？　別に逃げてもノルンがガブリとやってくれると思うけどね。

まあいいか、取り敢えず授業再開。後半戦なので計算の時間。はあ……なんだか面倒な事になったなあ。

◇

で、授業終了。ギルドの人達からお話があるとかで時間をもらいたいという事らしく、了承せざるを得なかった。とまあ、そんな状況なので今日は私の調理はなし。生徒全員から大不評ですが、私のせいじゃないので文句があるならギルドの人達に言ってください。

というような事を伝えたら全員がギルドマスターらしい人に大抗議。これ、私のせい？

「すまない、我々の話は後回しでいいので先に彼らに食事を振る舞ってあげて欲しい」

いや、それはいいんですけどね？　材料がですね？

「先生、ちょっと行ってくるから待っててくれ！」

って、あー……止める間もなくギムさんが駆けていってしまった。というか凄い足が速い。ドワーフの人って足が遅いイメージだったんだけど、なにあれ。何かそういう系のスキルでも持ってるのかな？

で、５分とかからずいつものようにオーク。たまには鳥肉とか……。数を獲らないといけないから、そういうの考えるとオークのコストパフォーマンスが良過ぎるのか。ううむ。

ちなみに秋口からオークがやたらと増える。秋は繁殖期らしい。でも春先にも増える。そしてゴブリンは年中増える。

話が逸れた。

というかギムさん、いきなり獲れたてのオーク持ってこられても、血抜きに時間がかかるわけなんですよ。毎回毎回それで調理開始が遅れるんだよね……休憩時間中に獲ってきてもらうのが一番いいんだけど、でもそれだとギムさんだけが休めなくなっちゃうからね……。

仕方ないので毎回血抜きの待ち時間に竈《かまど》やらなんやらの準備。さっさと終わらせて話聞いて帰ろう。

今日は面倒くさいので全部トンテキ。ニンニク刻んで炒《いた》めて肉焼いて醤油《しょうゆ》で味付け。隠し味にニンニクと一緒に少量の唐辛子を炒めるのがポイント。ピリ辛である。

そして延々と焼く。皆が物凄い勢いで食べるのでひたすら焼く。お陰で私のご飯だけ後回しになる。悲しい……。

美味しそうな匂いに惹《ひ》かれて、ギルドの人達が物欲しそうにこちらを見てるけど、なに？　欲しいの？　でもだめです。これはこの欠食児童達のためのものなので。

ひたすら肉を焼くマシーンになる時間が終わって、やっと自分の食事&後片付けが終わったらようやくお話タイム。

でまあ、話を聞いたわけなんだけど……。

ギルドは冒険者の質を上げたい、というのは本当の事らしい。実際揉め事はしょっちゅう起きる。そして新人がよく死ぬ。前途有望そうな新人もよく死ぬ。子供で駆け出しの冒険者も薬草の区別がつかなくてお金が稼げず、お腹を空かせてよく死ぬ。

そういった状況を改善するために前々から、簡単な戦闘訓練などを含めた初心者講習や、読み書き計算の定期講習を開きたいと思っていたらしい。そういった講習は大陸中央寄りの大国なんかのギルドだと普通にやってるらしいんだけど……。

ところがこの国のギルドは人手不足でそれができない。やり方のノウハウも無い。ノウハウに関しては他国のギルド支部に聞けばいいと思うだろうけど、それをすると借りができて立場が下になってしまうため、他の幹部から反対が出てできない。

商業連合国にあるギルド本部に問い合わせるのも同様。ただでさえ頭を押さえられてるのに、そんな事をしたらこれからどうなる事か、という話らしい。

そんな時に職員の耳に私の情報が入ったのだそうな。

曰《いわ》く、駆け出しの若い冒険者達に無償で読み書き計算を教えている。

曰く、同じく無償で食事まで与えている。

そんな奇特な人物が本当にいるのかと調べてみれば、どうやら本当にいるらしい。そんな明らかに背鰭尾鰭《せびれおびれ》がついた噂のせいで、一部では聖女だのなんだのと言われていたのだとか。ちょっとマジで勘弁して欲しい。誰が聖女やねん。めっちゃ生臭やっちゅーねん。

しかしギルドからすれば喉から手が出るほど欲しい人材だったわけで、でも、だからといって無理強いするわけにもいかない。そこでギルドマスターは職員に対し、自分が対応するので不用意な行動は慎むように厳命してその噂の人物の情報を集める事にした、という話だった。

いや、そんな事知らねーよ、といいたい。全部そっちの都合じゃん。

ちなみに噂の出所はギムさんの仲間達。

酒の席で盛り上がった時に少し洩《も》らしてしまったらしい。ただし、広まった噂とは違い『タダ同然の安い授業料で読み書きや計算を教えてくれる』『作る食事が信じられないほど美味い』という程度の話だったらしいんだけど、それが気付けば背鰭に尾鰭に脚までついて駆け出し、何故か無償で施しを与える聖女扱いになってた、という事らしい……。なんだそれ。

ギムさんの仲間達としては、結果的に恩を仇《あだ》で返す形になってしまったわけだけど、んー……今回は大目に見る？　酒の席での事まであれこれ言うのもあれだけど、さっきのギムさんへの借りと相殺してチャラって事で。

「なるほど、事情はわかりました。ですがお断りします」

「だめか……やはり、リカルドの態度が悪かったからか？」

「それもありますが、仮に受けてしまった場合に聖女呼びが定着しそうなのでイヤです」

「……確かにありえるな。だがこちらも引けない事情がある。ギルドからの報酬に加えて特例で冒険者ランクを上げる、というのはどうだろうか？」

「結構です。そういった特別扱いを受けると爪弾きにされたりいじめられたりしそうなので」

「それは……あるだろうな。人間誰しも妬みやっかみはするものだからな……」

「そもそも、人がいないなら増やせばいいのでは？　職員の公募などはしていないんですか？」

「簡単に増やす事はできんのだよ……。国や貴族とべったりになるわけにもいかん。冒険者ギルドは一応中立の国際ギルドだからな。それに公募をかけると平民も応募してくる。商人の子ならまだいいが、平民だと読み書きや計算を教育しなけりゃ使い物にならないからな」

「さっきのあの人はどうなんですか？　識字計数能力はあるんですか？」

「あいつは……あるといえばあるんだが、あまり程度がいいとはいえない。ここだけの話、あいつは家を継ぐ事も他所の家に婿に入る事もできずに平民落ちした貴族の三男でな、あいつの親に頼まれて已《や》む無《な》く雇ったんだ」

　なんでもあの自称ギルドの人は、ギルマスが若い時に世話になった貴族の家の馬鹿息子らしい。親からは特別扱いしないでいい、何か問題を起こした場合は厳罰に処して構わない、とまで言われた上に頭まで下げられて仕方なく雇ったのだとか。でも既に、以前にも問題を起こしたとかで、今回の件によってかなり厳しい罰を与える事になったのだそうな。

「貴族の子弟であれば教育を受けているからな、識字計数、まあ、事務能力か。それらを最初から持っている分、即戦力に成りうる。男子であれば剣術などの武術を修めてる場合がほとんどだから、いざという時には武力としても期待できるんだが……」

「何か問題が？」

「当人が平民落ちしたとはいえ、実家からの影響を受ける。どこのギルドでも、職員として雇うなら基本的に契約魔術で色々と縛るものなんだが、それでも限界がある。情報漏洩《ろうえい》だってありえないわけじゃないし、依頼の押し込みなんかも普通にある。そもそも、職員は押し込みで雇う場合がほとんどだから、こういってはなんだが、残り物ばかりで馬鹿が多い」

それでも馬鹿ばかりじゃないと思うんだけど……。疑問に思って聞いてみたところ、出来のいい次男以下の子だと、大抵自分で就職先を見つけて家を出ていってしまうらしい。ただ、半分くらいは冒険者になって、剣術は修めていても実戦経験がないから結構死ぬらしい。そして自分で行く先を見つけられなかった残り物が親から押し込まれる、という……なんというか……んー。

「ところで、私みたいな子供にそういったギルドの内情を話してしまっていいんですか？」

「いや、普通に不味い。不味いが、こっちは無理をお願いしている立場だからな、誠意を見せねば説得もできないだろう？　というかもう泣き落としのつもりだ」

泣き落としかい！　ぶっちゃけ過ぎでしょ！　いや、確かにそういう内情聞いちゃうとちょっと迷わなくもない気がしなくもないけど……いや、受けないけどね。でも、んー……。

「思い切って貴族家に対して公募をかけてみては？」

「いや、それだと家からの影響が大きいといっただろう？」

「多少の影響は諦めてください。現状では馬鹿息子を受け入れる事で受ける悪影響が大き過ぎるという話ですから、まともな子弟を選別すればいいんですよ」

「……つまり、どういう事だ？」

「採用基準を決めます。募集し、集まった希望者に試験を受けさせます」

最低限即戦力に成りうる識字計数能力は欲しいので、まずそこでふるいに掛ける。試験は計算問題と記述問題。

計算問題は定期的に新しいものと入れ替える。毎回同じだと合格者や不合格者から過去問が流出して対策を取られるかもしれないから。

記述問題は過去にあったクレームや揉め事の事例を出し、それに対してどういう対応をするかを回答させる。ある意味、正解は無い。

筆記試験の次は面接をする。筆記の点数がギリギリの場合でも念のため受けさせる。人格面で優れているのであれば、多少の教育で使い物になる可能性もある。そしてまともな人格をしているのであれば実家からの影響は多少は抑えられると思う。多分。

また、試験官には各部署のトップや幹部も参加させる。部署ごとに必要とする能力や性格は違う場合が多い。

「なるほど、面接か……。だが、貴族教育を受けていれば取り繕う事もできるだろう？」

「はい、貴族教育を受けていれば全員ある程度はできるでしょうね。ですがそこは一組織のトップであるギルドマスターや各部署のトップ、幹部達で見抜くぐらいはしてください」

「そう言われると……そうだな、それくらいはしなければだめか。だがそれでもこちらを騙《だま》し切るほどの者がいた場合はどうする？」

「冒険者ギルドのトップを騙し切る、あるいはそれに近い事ができるというのなら、それはもはや一種の才能です。交渉ごとが多い部署に回すか窓口業務に回せばいいのでは？」

「……その発想は無かった。だが、騙し切られた場合はどうする？」

「それを判断するために、合格者は最初は試験採用とします。最低でも3ヵ月は取りたいところですね。試験採用中は色々な部署に回すのもいいと思います。その期間が過ぎた後、正式に採用してからそれぞれの部署に配置するといいでしょう。試験採用期間中に問題が見つかった場合は雇用しないだけの話です」

「……なるほど。いくつか問題は残るが、そこは俺が頑張るところというわけか。しかし……よくこんな事が思いつくな、お嬢さん」

そこはまあ、前世の経験とか知識とか？　まあ、色々適当につらつらと言ってみただけだから、色々と穴は多いと思うけど、そこは自分達でなんとかしてください。正直に言わせてもらえば、ぶっちゃけ他人事だし。

「そうやって人手を増やして、余裕ができてきたら自力で講習会を開催すればいいと思います。正規の武術を学んでいるのであれば、それを教える事もできるでしょう。初期投資は必要経費として諦めてください。冒険者が育てば最終的に回収できますし、その後はプラス収支です」

「……素晴らしい！　その案、使わせてもらってもいいかね⁉」

「ええ、適当に思いつきを提案しただけなので、ご自由にどうぞ。ただ、色々と穴があると思うので、そこはご自分達で改善して運用してください」

「ああ、わかってる！　すぐに冒険者教育をできるわけではないが、これで色々と見通しが立ちそうだ！　……そうだなこの提案については、お嬢さんの貢献値に加算しておこう。適切な年齢に達したらすぐにランクアップできるだろう」

それは、んー……まあ、損する話ではないかな。ひとまず受けておこう。


更にもう少し話を詰めて、話がある程度まとまった後、ギルドマスターは凄い笑顔で帰っていった。自称ギルドの人は護衛の人達に拘束されて連れていかれた。ちなみに話し合いの最中、何度も口を挟もうとしては護衛の人達にボコボコにされていた。ざまあ！

帰る頃には顔面が凄い事になってたけど、自業自得というやつだ。ちなみに処分が確定したら後で教えに来てくれるらしい。私に影響が無いならどうにでも好きに処罰してくれていいんだけどね。

ちなみにギルドマスターとの話し合いは生徒達全員に見られていた。ギルドマスターが採用するような案をぽんぽんと提案していたせいか、変なものを見る目で見られてた気がする。


んー、ちょっとやらかした気がする……？

099　やっと終わった

はよーん！　手乗りふぇんりるー！　ごめん嘘《うそ》、重くて無理です。レンです。


先日のギルド関係者の一件は色々面倒でしたね。

あれから数日後には、あのリカルドとかいう人の処分とかを色々教えてもらえた。リカルド氏は左遷に近い異動になるらしい。

なんでも今年の冬に大規模な討伐があるらしく、その大討伐の拠点に行って指揮をする事になる王都ギルドサブマスターの雑用係として連れていかれて、死ぬほどこき使われる事になるのだそうな。その大討伐の後も色々残念な扱いを受ける事になってるとかなんとか……南無南無。

ちなみにこの大討伐についての情報はまだ機密という事で、秘密にするように言われた。いや、言わないから、普通。

ギルドの改革に関しても若干話を聞いた。

この国のギルドは保守体制が強いらしく、元のだめだめ過ぎる現状を維持する傾向が強かったらしい。今の幹部の半数近くはそういった保守派。ちなみにギルマスとその派閥は改革派だとか。

新人冒険者の死亡率を下げたり、他にも色々と動きたいと思いつつも、人手が足りずに上手く動けなかったらしい。ギルマス自身、ギルド本部、他国ギルド、国、貴族、他のギルド幹部などとの折衝で雁字搦《がんじがら》めになっててなかなか動けず、何もできなかったとかなんとか。いや、知らんがな。

そんな事言われても困る……。

そこにようやく主導的改革ができるという事で物凄い勢いで動いてるらしい。

手駒が増えたら今の保守派とか、腐敗してる職員とか色々処罰するとかなんとか……私の事は巻き込まないでね？　とはいえ、急に変え過ぎても問題がたくさん出てくるだろうから、あまり焦って変えないようにしたほうがいい、とは忠告しておいた。

おまけで講習会を開く場合の教室のレイアウトとかは多少教えておいたけど、貴族の学校に行ってた人も雇えるかもしれないので、そっちからも聞いて参考にするといいかも？　教え方に関しては、実際教える担当の人がいないと教えようがないので、パス。あと単純に面倒くさい。

他にも別にどうでもいい情報として、キャリーカートの普及でギルドに持ち込まれる素材の量が増えてギルドの収益も増えてるとかなんとかいう話が……へー、スゴイデスネー？

◇

んで、今日は鍛冶修業の日。の、休憩時間。今日は別にトリエラ達と待ち合わせとかもしていない。

もう9月も下旬という事で風が冷たく感じる日がちらほら。でも鍛冶なんてやってればくっそ暑くて汗だらだらなので、今日は裏通りに出て風に当たる事にしてみた。むふー、涼しいのう。

「むはー」

うん、誰もいないから変な声を出しても大丈夫。この時間は人通りが少ないからねー。

「あ、あのっ！」

「ふわっ⁉」

ぐはっ⁉　人がいた⁉　っていうか、何？　私⁉

「あ、はい。なんでしょう？」

【隠蔽】と【偽装】で色々誤魔化して返事してみる。いきなり話しかけてこないでよね！　本気でびっくりした！　……あ、ノルン、大丈夫だからね？　噛《か》んじゃだめだからね？

「そ、その！　お……俺！　そこ……そこの、工房で働いてるんだけど、その！　こ、こっこっこっ、今度、その！」

ううむ、テンパっておられる。ちょっと落ち着こうか？　はい、深呼吸。すー、はー、すー、はー、ってね？　ん、落ち着いたっぽいね。それでなに？

……この子はお隣の工房で働いてる見習いの鍛冶師らしい。見た感じ、14～15歳くらいかな？で、用件はというと……来週の収穫祭で一緒に遊ばないか、という話だった。ああ、そういえばもうそんな時期かー。

収穫祭は9月の最終日の前後あたりから10月の初日前後あたりまでの3～5日ほど行われるお祭り。今年の収穫を祝って、また、来年への豊作祈願も込めて行われるドンちゃん騒ぎ。

私がいた孤児院がある街だとそんなに大規模っていうほどではなかったけど、出店はいくつか出てたりしたし、教会で炊き出しとかもあった。私達孤児はお金を持ってなかったので炊き出し目当てで出かけたっけ？　後は大道芸を遠目に盗み見たり？　懐かしいなあ……。

で、地元ではそこそこのお祭り騒ぎだった収穫祭、当然王都であれば規模が段違いなわけで。そしてこの少年は私を誘って一緒にその収穫祭を回りたい、と。ふーん？

そうだなあ……トリエラ達に声を掛けてみようかな？　丁度明日は授業だし？　というわけで、うん。ごめんなさい。

凄くしょんぼりした様子で自分の工房へと歩いていく少年を尻目に、収穫祭に期待を馳《は》せてワクテカ。フフフ、悪女だね、私！

……あ、遠目に何人も見習いとか丁稚風の少年達がこっちを見てる。もしかしてさっきの少年と同じ目的？　私の名前はレン、私は狙われている！　やばい、逃げよう。そそくさと工房に逃げ込んだ。

というか、こんなに狙われてるという事は顔を見られてたって事だよね？　一体いつの間に顔見られたんだろう？　トリエラ達とおしゃべりしてる時とかかな？　んー？

でまあ、そんなこんなで授業最終日だー！　さっさと終わらせてもう帰る！　面倒くさいのはもうイヤだ！

というわけでちゃっちゃと授業終了。え？　飛ばし過ぎ？　そんな事言われてもなあ……。

◇

結局、リューはあんまり結果がついてこなかった。とはいえ頑張ればなんとかなるんじゃない？　という程度にはなんとかしました。後は自己学習でなんとかしてください。きっとマリクルが、マリクルがなんとかしてくれるはず！

ボーマンはやる気の無さが原因でリューと同程度か多少上ってあたり？　孤児院にいた頃から思ってたけど、こいつのやる気の無さとサボり癖はちょっとしゃれにならないレベルだと思う。それでもまあ、生きる上では不都合は無い程度にはなった、と思うけど……コイツもマリクルに任せよう。ケインでも別にいいけど。

孤児院仲間の他の面々は優秀な結果になりました。若干不安だったアルルとクロも普通に問題ないレベルになったしね。生きるための必死さというのは凄いものだなあ、しみじみ。

恩人枠で受け入れた残りの面々には無理やりにでも詰めに詰め込んだ。

シェリルさん姉妹は、シェリルさんはアルル達と同程度、妹のメルティちゃんはちょっと怪しいところがあるけど、まあ及第点？

ギムさんは元々ある程度は読めていたというのもあって特に問題は無いレベルになった。流石である。後発だけあってかなり真面目にやってたしね。

後はその仲間の人達だけど、リュー以上アルル未満？　一人だけ読み書きも計算もしっかりできるようになった人がいたので、後はその人に頑張ってもらう方向で。地頭が優秀な人は意外といるものである。


で、最終日なんだからご馳走《ちそう》とかないのかとか馬鹿《リュー》が言い出して、それに乗った他の連中も騒ぎ出して……。あのね、最終日だからってなんでわざわざ特別な事をしないといけないの？　ぶっちゃけ面倒！

ところがいつもどおりに適当に誤魔化そうとしたら、まさかの伏兵が！　なんとマリクル。前に食べさせた豚丼が甚だしくお気に召していたようで、是非食べたいとの事。

いつも一歩引いてて、寡黙なマリクルがそんな事を言い出したものだから大騒ぎ。私としても三馬鹿のリクエストなら却下するところだけど、マリクルのお願いであれば聞くのに吝《やぶさ》かではないので、諦めて作りましたよ。ただし、お米の分の材料費もあるので、いつもよりお値段高めにしたけどね。

だというのにおかわりの嵐。君達、その細い身体のどこにそんなに入ったの？

ここまできたらもうちょっとサービスしてやろう、というわけで食後のデザートに飴玉《あめだま》を食べさせた。前に森の奥にストレス発散に行った時に作ったやつね。ちなみに蜂蜜味とオレンジ味。他にも色々な味を作ったけど、全員この2個だけね？　おかわりは無い！

みんなが飴玉に絶句してるのを尻目に、トリエラに一緒に収穫祭を回らないかと提案しようとしてたら、逆に先に誘われた。むう！　考える事は一緒か！

「それで、どう？　一緒に回らない？」

そんな、ちょっと屈みがちになって視線合わせて上目遣いとか……トリエラ、いつの間にそんな高度な技術を⁉　そんな顔をされたら行かざるを得ない！　いや、最初から断る気なんて無いけど。

「当然行きます。ちなみに他の子達は？」

「アルルとクロはシェリルさん達と回るって言ってた。リコはどうする？」

「当然一緒にいくよ！　レンちゃんと一緒！」

うむ、可愛いのう……。野郎どもがこっち見てるけど無視無視！　こっち見んな！

その後は工房に帰っていつもどおりに鍛冶修練。えーと、これで今月中に造った刀剣類は大体160本？　そろそろ魔剣も造ってそっちのほうの経験値稼ぎもできるかな？

まあそれはそれとして、明日はお出かけ用に新しく服でも作ろうかなあ？　こう、童貞を殺すような……。まあ、上にマント羽織るんだけどね。フードも被るし？　でもそれはそれ、これはこれ！　折角なんだからおめかししないとね！

というわけで来週はトリエラ達とデートだ！　ひゃっほい！

100　呼び出しといったら校舎裏か屋上か

青空教室が終わって数日、昼は剣を打って夜は寝る前にちまちま服を作ったりして過ごした。

ちなみに童貞を殺す……じゃない、コルセットスカートは前にも作ってたけど、今回はふりふりレース付きでちょっとおしゃれっぽくしてみた。ブラウスもふりふり。ついでだし普段着用の服も適当に何着か作っておこうかな？　当然ミスリルメッシュである。なお、コルセットスカート自体は自分以外で着てる人を見た事がないんだけど、ボディスの類は普通にあるのでそこまで浮くような格好じゃなかったりする。

魔剣のほうは、もうちょっと素材を作《つく》り溜《だ》めしてからまとめてやっちゃおうかな、という事でまだまだ地道に素材剣造り。後はたまに槍《やり》とかも造ってみたり？

なんて事をやってたらある日、朝早くからトリエラに呼び出された。というか連れ出された。収穫祭はまだ先だけど、何事？　私達の後ろをてとてとノルン達が付いてくる……2匹の様子を見るに、危険は無さそう？

一体どこへ行くのかと思えば、一般区の割と端の方――それなりに近い所に衛兵の詰め所があったりするので、治安は悪くないはず？——にある、ぼろぼろの一軒家。

うわ、なにこの廃墟《はいきょ》。とても人が住んでるようには……え？　これ、トリエラ達が借りた家なの？　マジで？　ああ……うん、そうなんだ……。

ええ……なんでこんなボロ家借りたの……？

理由を聞いてみるとなるほど納得。とにかく家賃が安いらしい。建家自体はぼろぼろで廃墟と見まごうばかりだけど、前述のとおり立地は悪くない。市場や冒険者ギルドの出張所もそう遠くないし、端の方に近いとはいえ、第三区画でもそれなりにいい場所にある。

建物はぼろいけど、これは勝手に直していいらしい。そして直しても家賃は据え置き。むしろ自分で直す事を前提に安い家賃で貸し出してるとも言える。なるほど、条件だけ聞けば悪くない。ただ、家を直す事ができればの話。

で、トリエラが私を呼び出した理由はこの、やっと借りれた家を見せるためだったみたい。実は10回の授業の後半には借りてたらしく、昨日やっと掃除が終わって引っ越したんだとかなんとか。

うん、これで拠点ができたわけだし、嬉《うれ》しいのはわかるんだけど、これ、柱とか大丈夫なの？

◇

家の前にはクロが一人で待っていて、トリエラと一緒に私を家の中に案内してくれた。リコとアルルは食料の買い出しに行ってるらしい。

そんなわけで早速家に侵入……というか玄関扉が既にヤバイ。取れかけてる。大丈夫なのか、これは。

気を取り直して改めて家に入る。ノルン達は玄関先で待機。正直、ノルンの重さだと床が抜けそう。で、入ってすぐが居間っていうかリビング。台所も併設してるみたい？　壁に大きな穴が開いてるのが非常に気になる。普通にそこから出入りできそうなんだけど……。

リビングの奥の方に小部屋が二つ。外れてしまったのかどちらも扉は無いけど、ひとつは倉庫にする予定らしい。覗《のぞ》いてみるともう一つは風呂場？　とはいえ排水溝の穴があるだけで湯船は無い。盥《たらい》にお湯を張って身体を拭くスペースとして使うらしい。うーん……。

もう一ヵ所、階段下に小さい小部屋、というか……これはトイレかな？　見た感じ和式便器っぽい。蓋もしてあるからか、幸い臭いはそんなにしない。でもここも扉が無いからリビングまで多少臭ってくる。扉が付いてたような蝶番《ちょうつがい》っぽい痕跡はあるけど、んー。

リビングを軽く見回すと大黒柱っぽい柱が2本あったので【解析】でチェック、どうやら腐ったりはしてない模様。というかこれは普通に大丈夫そうかな？

壁際に階段があって、二階に続いてるらしいんだけど、階段の板が何ヵ所か無かった。どうやら腐った板は外したらしい。危ないし、妥当な判断かな。

二階は2部屋。どちらもそれなりに広い。それぞれ男女に分かれて使う予定らしい。ベッドも何も無いけど、ぼろぼろのシーツが数枚、部屋の隅に畳んであった。女子部屋だけ。……男子部屋は丸まって散らばってた。あ、一つだけ畳んであるのはマリクルのやつかな？

そして一応ベランダもついてた。でも足場の板が無いので使用不可能だった。

……家賃が安いのはいいけど、これ、直すのってかなりお金掛かるんじゃない？

「確かにそうなんだけど、直した後も家賃が安いままって考えると、長い目で見たら掘り出し物かなーって？」

うーん……それはそうなんだけど……。

「もしかしなくても、直すのは自分達で？」

「うん、そのつもり。大工さんとかに頼むと高いでしょ？」

不安要素しかない。壁の大穴とか、玄関の扉とか、早く直さないと盗みに入られると思うんだけど……もしかして男子がいないのって、木材とか買いに行ってるから？　確認してみたら板を何枚か買いに行ったらしい。取り敢えず玄関と壁の穴をなんとかしようと思ったそうだ。そもそも私を呼んだのもやっと手に入った拠点を自慢したいというのもあったけど、何よりも家を直すためになにか助言をもらえれば、と思ったかららしい。

うん、もうこれだめだ。見てらんない。

というわけでレンちゃんリフォーム！　劇的使用前使用後だ！

◇

トリエラとクロを問答無用で家の外に追い出してそこで待機させ、一人で家の中へ戻る。改装作業中は危ないからね。

まず最初に壁の穴をなんとかしよう。土魔法で家の外壁を石壁にして強化。壁の穴も埋めた。とはいえ、内壁も石壁にすると冬が寒いので、内壁は木板を張っていく。

次、台所……は、見た感じ大丈夫そう？　暖炉兼竈《かまど》が若干崩れていたのでこれも土魔法で修理と補強。ついでに大黒柱も石で包んで補強。

トイレは洋式に改良した。便座は石にすると冬場に心臓が止まりそうになる気がするので、木製で。水洗じゃないのが残念無念。扉もつけて内鍵をつけて、鍵を掛けられるようにもしてみた。出会い頭での事故は許さない。

次に風呂場。扉を取り付けて、床は滑らないようにざらざらした感じに加工。ついでに湯船を設置。これは石製。なんとなく大理石っぽい？　湯船の穴は木の栓で閉めて使う。

大量のお湯を沸かして運ぶのが大変だろうから、【ストレージ】からお湯を作り出す給湯の魔道具を取り出して設置。これは森の奥にストレス発散に行った時に家のリフォームの際に作ったものの予備だ。念のためにいくつか作っておいて良かった。

これ、実は結構大きい。１ｍ×60㎝×60㎝くらいあるので、持ち運びするのには向いてない。でもこれ、買うとかなり高いらしい。ぶっちゃけお貴族様向けの高級品だ。しかも市販のものは私謹製のものより2～3倍は大きかったりする。私、小型化頑張った。

とまあ、それを湯船の横に設置。蛇口がついてるのでそれを湯船に向けて捻れば簡単にお湯が張れる。ただし、永久駆動じゃないから魔力供給しないと使えない。なのでそこはリコとトリエラに頑張ってもらう。

風呂場の前のスペースに新しく壁で小さく区切った小部屋を作って、そこを脱衣所として使う。ここの扉には内鍵を設置。ラッキースケベは許さない、絶対にだ。

倉庫部屋は……布でも垂らして区切ってもらおう。食料もここに仕舞うらしいけど……まあ、盗み食いした時の罰則とか、そういうのはみんなで決めればいいんじゃない？

お次は階段。手すりが無くて危ないのでまずは手すりを取り付ける。次に足場の板を張り直し、そのまま二階へ。

二階の廊下の床板をも全部張り直したら、男子部屋へ。

男子部屋は適当でいいや。床板張って、壁板張って、終了。戸板？　野郎どもにそんな上等なものは必要ない。自分達で布でも買ってきて垂らしておけばいい。窓も元々のぼろい木窓のまま。マリクルは巻き添えだけど、許してくれるよね！

そして次はもっとも重要な女子部屋。壁と床は綺麗《きれい》に板を張り直し、壁の中には断熱材も入れておく。ちなみにセルロースファイバー。

窓にはガラスを使おうかと思ったけど、ガラスは普通に超高級品なのでやめて、普通に木窓。元々ついていた木窓はぼろぼろになっていたので新しく作り直した。

お次に2段ベッドを二つ設置。私謹製のマットレスは残念ながら設置しない。普通に厚手のシーツを使用。更に掛け布団用にシーツを数枚ずつ掛けておく。おまけで枕。木に布を巻いたものだけど、何も無いよりはいいと思う。

冷暖房の空調魔道具も置きたいけど、これはなんとなくやめておいた。そんなものの存在を聞いた事もないので、なんだか色々不味い気がするし。

最後に扉を設置。取り付ける壁も蝶番も頑丈に補強して、内鍵もつける。一応外から開けるための鍵も作った。女子全員の分で四つ。これはあとでトリエラに渡そう。

女子部屋が終わったらベランダ。足場の板が無いと使えないし？

というわけで足場に板を張って、新しい手すりを取り付ける。洗濯物とかシーツとか干したりすればいいんじゃないかな？

ここまでで作業時間40分ほど。自宅の改築を何度もやってるので我ながら手馴《てな》れたものだ。

二階も終わったので最後に玄関の扉。こっちは鍵も取り付けないといけないので、トリエラに声を掛ける。

「玄関の鍵は持ってますか？」

「は？　え？　あ、うん。あるけど」

「貸してください」

鍵を借り受けて、玄関扉作成。鍵穴を合わせて鍵も複製。聞いたところによると一つしか持ってないらしく、なくしたら大家の所に行かないといけなかったらしい。それなら複製した鍵は予備という事で、トリエラとマリクルでそれぞれ持ってたらいいんじゃない？

んー、取り敢えずこんなところかな？　手を入れたいところはまだまだあるけど、後はトリエラ達でなんとかしてもらおう。

◇

「ひとまずはこんなところですか……トリエラ、これ、鍵です。こっちの四つは女子部屋の鍵なので、後でみんなに渡してください」

「は？　え？　一体なにが起こって……」

んー？　ちょっとやり過ぎたかな？　目の前で見る見るうちに家が直っていくのを見て言葉も無いみたい？　クロも目を見開いて固まってるし、久しぶりに自重を放り投げた自覚はある！　でもまあ、あれだよ。

「引っ越し祝いです」

「いやいやいや！　おかしいって！　ちょっと色々おかしいから！」

「でもこれから家を直すとなると、冬支度は間に合いますか？」

「それは……」

薪って普通に高いんだよね……。それに冬を凌《しの》ぐための食糧備蓄とか、お金はいくらあっても足りないと思う。トリエラ達はただでさえ大所帯だし。

「孤児院にいた時、冬場の隙間風、辛かったですよね……」

「……あー、もう！　考えるのやめ！　よくわかんないけどレンが凄いって事はわかった！　凄く助かった、ありがとう！」

んむ。トリエラ達女の子が辛い思いをするのは許せないからね。与え過ぎ？　甘やかし？　いいじゃん、別に。好きな子を贔屓《ひいき》して何が悪いの？　ただまあ、三馬鹿がお零《こぼ》れに与《あずか》るのは多少不愉快ではあるけど。

というわけでトリエラに設備の説明。魔力さえ込めれば毎日お風呂に入れると聞いて愕然《がくぜん》としていた。魔力供給は【魔力操作】スキルを持っていれば簡単にできるので、魔法の練習と思って頑張ってください。また、もし引っ越すとかになったのであれば、給湯器の魔道具は売ってしまって構わないとは伝えておいた。買い叩《たた》かれるかもしれないけど、そこは諦めるしかないと思う。

……多分、凄い安く買い叩かれるよね、あれ。世の中って本当に優しくないよね……。

「私達の部屋だけ鍵付きとか、流石レン、露骨だね」

「お褒めに与り恐悦至極」

ふははは、もっと褒めていいのよ！　私は褒められて伸びる子！　え？　褒めてない？

そんな事をやっていたら、家の外でどさどさと何かを落とす物音が。

「なにこれええええええええ!?」

あー、出かけてたアルル達が帰ってきたかな？

101　地獄で詫《わ》び続けろ！

はい、現在大絶賛修羅場中です。どうしてこうなった。

リフォーム終了後に帰ってきたアルルとリコが、凄い凄いと褒め称えるもので私は有頂天、超天《てん》狗《ぐ》になってたんだけど、事の起こりはそれからしばらくして、男子が帰ってきてから。

最初は男子組もあまりの劇的な変化に驚いてたり自分達の部屋だけしょぼい事に絶句してたり、ケインが変な視線送ってきたりしてたんだけど……ケインの奴は間違いなくまた変な思い込みで都合がいい妄想を繰り広げてたっぽいけど、問題はケインじゃなくボーマン。

急に『やっぱり屋台をやろう』なんて事を言い出して、唐突過ぎて私はポカーンとしたんだけど、その後のやり取りを聞いた感じだと、多分こんな感じ？

ボーマンは実は前々から商売をやりたかった。で、ここ数年、王都の収穫祭ではじゃが芋普及のためにじゃが芋を使った料理屋台の売り上げコンテストなんてのが開かれてるらしい。

上位入賞すると賞金が出たり有名店への就職斡旋《あっせん》とかがあったりするそうな。

ボーマンはそのコンテストに参加しようと思って、以前に皆に提案したらしい。でもその時は、トリエラがこの家の賃貸契約を結んできて急に物入りになり、そんな余裕は無いと説得されて諦めたのだそうな。

冬支度の事を考えるといくらお金があっても足りないという状況で、我が儘《わがまま》を通すわけにもいかないと思ってその場では引いたらしいんだけど、今日、色々な買い出しから帰ってみれば、改装にかなりの金額が掛かるはずだったはずの家が劇的にリフォーム完了していた。

それはつまり、これから掛かる予定だった改装費用が浮く、という事だ。そこでボーマンは一度は引いた意見をまた出した、という事らしい。

そのボーマンに対して、リフォーム費用が必要なくなったからといってもこれから冬に向けて色々物入りになるのは変わらないし、いざという時のために貯金はしておいたほうがいいっていうのがトリエラとマリクルの意見だったりする。

ケインのアホは考えなしに仲間の夢は応援してやりたいとか言ってたり。相変わらず頭使おうとしないな、この馬鹿。起きたまま夢を見てるのか？　最近のリューを見習え。

そんなリューは珍しく黙ってみんなのやり取りを見ている。

ボーマンの事をトリエラとマリクルが説得したりケインが擁護したりしてたんだけど、私的には突っ込みたいところがひとつ。

「ボーマン、商売をしたいって言いますけど、貴方計算が苦手でしょう？　どうするつもりなんですか？」

うん、ボーマンって青空教室でもサボり気味というか適当にやってたから、計算とか結構っていうか、かなり怪しいんだよ。で、私がそれを指摘したあとのボーマンの言い分にアルルが怒っちゃって……。

「え？　それはアルルに任せればいいだろう？　アルルも商売やりたいって言ってたし、俺よりも計算とかできてたし」

「はぁ⁉　お断りなんだけど⁉　なんで私がそんな事しないといけないのよ！」

「え？　だって、お前も料理とかの商売したいって言ってたし、一緒にやるだろ？」

「言ってはいたけど、それとアンタの屋台の話とは関係ないから！　というか、アンタと一緒になんて絶対に嫌！　お断りよ！」

「なら誰とやるつもりだ？　そんな相手いないだろ？」

「私が誰とやろうとアンタに関係ないでしょ？　それに私は別に今すぐやりたいってわけじゃないし！　まあどっちにしてもアンタとって選択だけは無いわ」

「俺と一緒にやるのはそんなに嫌か？」

「嫌に決まってるでしょ！　アンタみたいなサボる事しか考えてない奴となんて、私が一人で苦労するだけじゃない！　どうせ今回もサボるに決まってるもの！」

「自分の夢のためにやろうとしてる事でサボるわけないだろ！」

「既にサボってるじゃない！」

「いつサボったよ⁉」

「レンが勉強見てくれてた時、真面目にやってなかったでしょ！　商売するのが夢っていうなら読み書きも計算も、どっちも大事だってわかるでしょうが！　だっていうのに適当にやってた奴が真面目にやるとは思えない！」

「それは……こんなチャンスがすぐに来るなんて思わなかったし、俺が屋台やりたいって言った時はみんな反対しただろ？」

「それが何？　今すぐできなくてもいつかできるかもしれないでしょ？　私はいつかそういう商売を始めたいって思ってたから将来のために勉強も頑張ったわ！　アンタはなんでやらなかったの？そのくらい考えなくてもわかるでしょ？」

「それは……反対されたから、後でもいいと思って……後でやろうと……」

「後で？　それで今、碌《ろく》に計算できないからって私に反対されてるのに？　言い出しっぺのアンタが計算苦手なのに屋台の話とかするだけ無駄よ！　自分ができない事を他人に押し付けるな！」

「別に押し付けたわけじゃない！　役割分担だろ⁉」

「役割分担？　へえ……？　……じゃあさ、誰が料理すんの？　私達の中で一番料理できるのって私なんだけど？　それも私？　料理も会計も私がやって、アンタは何やるの？　売り子？　でもあんたがお客さん呼んで注文とって、料理作ってる私が会計もやるの？　お金触った手で料理なんてできないわよ？　ありえないでしょ⁉」

「ぐ……」

「大体、料理売るって何作るの？　私、じゃが芋のレシピなんて茹《ゆ》でて塩振るくらいしか知らないけど？　言い出しっぺなんだから当然アンタが何か知ってるのよね？」

「レンがいるだろ？　あれだけ料理ができるんだから、美味いじゃが芋のレシピだって知ってるはずだ」

「アンタ、レシピまで他人任せ⁉　いい加減にしろ！　この馬鹿‼」

アルルの怒りレベルが更に一段階上がったっぽい。でもアルルじゃなくてもぶち切れるよね。努力してなかった人間が何から何まで他人任せとかね……。アルルは勉強凄く頑張ってたし、それにね……？

「私は将来、自分で店を開きたいと思ってる。だから勉強も頑張ったし、料理だって頑張ってる。このパーティーの食事当番は持ち回りだけど、私は自分が当番じゃない時でもできる限り手伝うようにしてるわ。レシピの研究だってしたいし、何より経験を積みたいから。でもアンタはなんなの？　あれがやりたいこれがやりたいって言っておきながら、何から何まで他人頼りの他人任せ。アンタ、自分が料理当番の時に少しでも凝ったもの作った事あった？　無いわよね？　毎回毎回、最初にレンが教えてくれた串焼き肉。そのくせ料理の屋台をやりたい？　レシピはレンに聞けばいい？　甘ったれるな！」

うん、青空教室の時、休憩時間に毎回レシピの事とか色々聞いてきてたんだよね、アルルって。そんな努力家のアルルからすれば、ボーマンの言ってる事は何一つ許せないと思う。

「俺は……」

「決めた！　アンタのための屋台は絶対にやらない！　私もレシピを教えないから、屋台がやりたいなら自分で考えなさい！　レンも教えたりしちゃだめよ！」

「教えませんよ、友達でもないのに」

そもそもボーマン、私にレシピを聞けばいいって……教えるわけないでしょ？　なんで友達でもない奴にレシピ教えないといけないの？　当然お断りですよ。

「え？」

「は？」

あれ？　アルルもボーマンも、なんでそんなに驚いてるの？

「私とボーマンは友達じゃないでしょう？」

「友達じゃないって……」

うーん、なんでそんなに困惑するのかわからない。

「そもそも、ボーマンはなんで私にレシピを教えてもらえると思ったんですか？」

「いや、それは……友達が困ってたりしたら、普通助けるだろ？　再会してからずっと、今まで俺達に色々してくれたじゃないか」

「なるほど、友達が困ってたら助けるのは当然、と。まったくそのとおりですね。私もトリエラ達が困ってたら問答無用で助けます」

実際トリエラやアルル、マリクル達には色々押し付けたし、甘やかしたからね。

「だろ？」

「ええ、ですからボーマンは助けません。ボーマンは私が困ってる時に助けてくれませんでしたし、そもそも貴方は友達じゃありませんから」

別に打算で友達やってるわけじゃないけどね。トリエラとアルルなんかは気付いた時には友達だったし、リコとクロは可愛い。しいて言うならマリクルは最初はちょっと他人行儀だったかな？　でもボーマンはねえ？

「……困ってたって、いつだよ？」

「私がケインにいじめられて泣いてた時です。一度も助けてくれなかったじゃないですか？　ケインの隣でただ、見てただけで」

「あ、あれは……」

うん、そうなんだ。コイツ、ケインの横に突っ立ってみてただけ。泣いてる私を見てもなんとも思ってないって顔してた。あー、思い出すと腹が立ってくるなー。

お、一気に顔色が青くなった。うむ、追い込みを掛けようか。

「私が困ってる時に貴方は助けてくれなかったのに、自分が困ってる時は私に助けてもらえると思ったんですか？　ありえませんよ、最悪です。泣いてる私を指差して笑ってたリューはもっと最悪ですけどね」

「え……」

リューの顔色も変わった。とばっちりというか流れ弾というか、でも折角の機会だし、はっきり言っておく。

「でも前にリューの提案は受けただろ？」

昼ご飯の調理の提案の件？

「あれは想像以上にリューが成長してたからです。あの時、私はわざと怒らせるような事を言いました。けど、リューはそれに対して怒らないで、ちゃんと聞き直してきました。だから私もちゃんと対応する事にしたんです。まあ、だからといってリューが友達というわけではないですけど」

「な、なら、ケインはどうなんだよ？」

ん？　リューは、泣いてる私を笑ってた自分よりも、実際にいじめてたケインはどうなのか気になるの？　なら教えてあげよう。

「存在そのものがありえないですね。今すぐ呼吸するのをやめて欲しいくらいです」

「え……」

「あれだけ執拗《しつよう》にいじめてきた相手に、友達も何もないでしょう？　……そういえばボーマン、さっき『自分達に色々してくれた』って言ってましたよね？　あれは別に貴方達にしてあげたわけじゃないです、トリエラ達にしてあげたんです。貴方達3人はそのお零《こぼ》れに与《あずか》っただけのおまけです。貴方達だけだったらそもそも関わろうとすら思いません」

三馬鹿は3人とも俯《うつむ》いてお通夜ムードになってしまった。ああ、長年の恨みつらみを吐き出して少しだけ溜飲《りゅういん》が下がった……これでこいつらが少しでも大人しくなればいいんだけど。

トリエラ達のおまけとはいえ、こいつらも色々恩恵を受けたから勘違いしちゃったんだろうけどね……でもまあ、だからといってトリエラ達への甘やかしはやめないけどね！

「俺は……！　レン、今まですまん「謝罪とかならやめてください、いまさら必要ないです」った……え？」

「謝罪はいらないです。いまさら謝られても遅いです」

「な、なんで……？」

「なんでも何も、青空教室の時、私は何度も機会を設けたつもりですが？　結局何も言ってきませんでしたから、私の中ではもう終わった事です。もう謝罪は必要ありませんし、受けるつもりもありません」

「なら、どうしたら許してくれるんだ……？」

「許す？　許すも何も、もう終わった事です」

そういう時期はもう終わったんだよ。色々な自覚と認識が足りなかったね、ケイン。それでも謝りたいというならこれからの行動と態度で示せばいいとは思うけど、そんな事は言ってやらない。

ケインがようやく自分の状況を理解し、三馬鹿は一層悲壮な空気をまとっている。けど、ちょっと言っておきたい事が一つだけある。

「リュー、ちょっといいですか？」

「……なんだよ」

うん、リューにちょっとね？

「いいですか、リュー。周りの人というのは貴方が思ってる以上に貴方の日頃の行動を見ています。貴方に何かあった時、貴方が何かしたいと思った時。そんな時に周りの人が手を貸してくれるかどうか、貴方に何かしてあげようと思うかどうか。その判断の基準になるのは貴方の日頃の行動です。……たった今、貴方はそれを見ましたね？」

「……見た」

小さく頷《うなず》くリュー。ボーマンがアルルに怒鳴られた事。ケインが私に拒絶された事。その二つを、リューは見た。

「私がさっきボーマンに言った事を覚えてますか？　私がいじめられて泣いてる時、貴方は私を笑いました」

「それは……その、ごめん……」

「はい。でも、今はその事を怒ってるわけじゃないんです。さっきボーマンと話しましたけど、貴方が調理の提案をしてきた時の事です。あの時、私はわざと貴方が怒るような事を言いました。私は貴方を試したんです。でもあの時、貴方は怒らなかった。何故です？」

「……あの時も言ったけど、みんなから色々言われて、オレもちょっとは考えるようにって思って……馬鹿は馬鹿なりに、だけど」

「素晴らしい事です。ボーマンとケインは変わりませんでした。でも貴方は変わった、変わろうと努力したんです。自覚してるようですが、貴方はあまり頭が良くないかもしれません。でも、きっと馬鹿じゃない。そして、変わろうと努力する事ができる」

青空教室をやってる時、授業中にリューが騒いだ事は実は一度もない。そして調理の提案を出して以降、私に暴言を吐く事もなくなった。多少図々しいところはあったけど。

頑張ってて、態度も改めて……だからかな、ちょっと応援したくなった。まあ、スタート位置が下過ぎたから凄く成長したように見えちゃっただけかもしれないんだけど。

「リューは、きっともっと変われるはずです。頑張ってください」

「オレ……オレ、頑張る……！」

うむ、頑張れ。

しかしあれだね、どのツラ下げて上から目線でこんな能書き垂れてるのかね、私は！　日頃から散々好き放題勝手放題やらかしてるくせにね！　あっはっはー！　はぁ……ちょっと自己嫌悪。

さて、こいつらはこんなところか。俯いて泣き出したリューをそのままに、振り返ってアルルに声を掛ける。

「アルル、レシピを教えるので準備してください」

「へ？　え、今？　この流れで、いきなりそれ⁉」

「それはそれ、これはこれです。さっきお米を買ってきたって言ってたでしょう？　炊き方を教えます」

「ああ～……それはありがたいんだけど、この空気の中でやるの？」

アルルはケイン達をチラチラ見ながら気にしてる。別に気にする事ないんじゃない？　放っておけば？

「部屋にでも放り込んでおけばいいのでは？」

特にケインとか。私がリューに声を掛けたあたりから表情が百面相してて非常に鬱陶しい。

「他にも色々教えたいので、急がないと時間が足りなくなりますよ」

「色々⁉　時間が足りなく、って……う〜……あ、じゃあさ、今日、泊まっていきなよ！　部屋に鍵付いたし、ね！」

え、お泊まり……？　なにそれ凄く女子会っぽい⁉

「是非！」

是も非もなく飛びついちゃう私マジちょろい。というわけで今日はお泊まりになりました。うひ！

102 よくもだましたなァァァァァァ!!

はてさて、急遽《きゅうきょ》今日はお泊まりになったわけだけど、何にしてもまずはお昼ご飯。うん、実はまだ昼前なんだ。

さっきアルルにご飯の炊き方を教えるって言ったので、お昼はご飯を炊いて、それに合うおかずを一品二品ってところかな？　本来、今日は掃除とか買い出しの予定だったとかで、すぐ食べられるようにパンも買ってきたらしいけど、そっちは夜でもいいし。

そういうわけなのでまずは精米。

この国ではお米が不味いって理由で不人気なのは、精米してないからっていうのが大きいと思う。後は炊き方がわからないから？　精米してないとどうしても味とか食感がね……精米しないほうが栄養価は圧倒的に高いんだけど。

なのでまずは精米用にすり鉢と擂《す》り粉木《こぎ》をいくつか準備。これは【ストレージ】にいくつか用意してあったもの。前に工房の女将さんにお米の炊き方を教える時にまとめて作っておいたんだよね。瓶突き精米？　そんな面倒な事はしません。多少米粒が割れようと時間効率優先。

精米班には手の空いてる女子とマリクルとリュー。ケインとボーマンは落ち込み過ぎて役に立ちそうにもないので、邪魔だから部屋に押し込んでおいた。


おかずは何を作ろうかな……。折角だからじゃが芋でも使おうかな？

じゃが芋のレシピ云々《うんぬん》で揉《も》めた直後だというのにじゃが芋のレシピ！　なんという嫌がらせ！

……いや、嫌がらせも入ってるけど、それだけじゃないから。

このレシピはアルルには教えるけどボーマンには教えない。ボーマンがレシピを知りたいならアルルの手伝いをするしかない。ボーマンが本当にやる気があるなら、そのくらいの事はしないといけない……。本当に食べ物で商売をやりたいというなら自分で気付いて行動できるはず。

我ながら甘い気もしなくはないけど、半分以上は嫌がらせなので気にしない。うん、夕方もじゃが芋を使ったレシピにしよう。

なんて悩んでたらお客さんが来た。ギムさん。

引っ越し祝いにオーク肉を持ってきてくれたらしい。ふむう、お肉……食材は、じゃが芋、野菜の類がいくつか……玉葱《たまねぎ》、人参はある。ベーコンとかハムも若干あるけど、まずは生肉からかな？

ちなみにこのハムやベーコンは前にギムさんにもらったものを毛皮加工店で加工してもらったものらしい。やっぱり調べておいて良かったね。

それはそうとして、食材も増えたし何を作ろう？　あー……肉じゃがでいいかな？　お米炊くし、ご飯にも合うし。

屋台向けではないし、仮に屋台で出すとしても色々準備が面倒になるから、屋台がどうのこうのと誰かさんが騒ぐ可能性も低そうだし？　うん、これでいいか。

汁物も欲しいけど、食材を使い過ぎるのも問題がありそうだから、取り敢えずこれだけでいいかな？

肉じゃがを作るなら出汁とかみりんとか色々使いたいけど、入手が困難なので調味料は基本的に醬油《しょうゆ》のみ。個人的には非常に味が物足りない。でも玉葱と人参の甘みと肉の旨みは出てるし、こんなものかな？　ちなみに白滝は入ってない。私しか作れないと思うし。

アルルにもやらせながら肉じゃがの仕込みは完了。鍋に入れたままで一旦火から避けておく。味を染み込ませる意味でも大事。食べる少し前に火に掛け直して温める。

次、ご飯。大人数で頑張ったので精米が終わってるお米の量はぼちぼち？　夜にも炊くからこの後も精米地獄は続くけど、みんな頑張れ！　精米した後に出た糠《ぬか》は洗い物の時に洗剤代わりにする。お風呂に入る時にはボディソープ代わりにも使える。ちなみに糠床は維持が大変なので教えない。ぬか漬け、美味しいし栄養もあるんだけどね。他にも色々使い道はあるけど、あまりあれこれ詰め込んでも仕方がないのでひとまずはこれくらい。

ともあれ炊飯である。一人2膳くらいの量を炊けば……いや、念のため3膳分にしよう。この前の豚丼のおかわり連発地獄を忘れてはいけない。……肉じゃが、足りるかな？　まあ足りなくなったら塩おにぎりにでもしよう。

というかマリクル達が引き止めたのでギムさんもいるし、私を含めて10人分？　居間のスペースが足りない……んー、ケインとボーマンは部屋で食べさせよう、鬱陶しそうだし。


そんなこんなでお昼ご飯完成。

うん……肉じゃが、味が染みてそれなりの味にはなったけど、やっぱり色々物足りない味。とはいえおかわり惨事で地獄でした。

午後は皆で色々足りないものの買い出しに出かけた。ケインとボーマンは色々と事情を知ったギムさんが連れ出した。気合を入れてくるそうな。

替えの服がどうのこうのという話も出たけど、服は高い。古着でもそれなりにお高い。なので、以前にハルーラで買い込んだ麻布をいくつか進呈する事にした。いや、私が今着てる服って絹とかミスリルメッシュだから、麻とか使わないいんだよ。余らせておいても仕方ないので【ストレージ】の肥やしにするよりはと、あの頃に作った服もいくつか譲っておいた。トリエラがまた遠慮してきたけど黙殺。野郎どもは自分で買えばよかろうなのだ！


色々買い出して帰ってきて、アレコレしてるうちにもう夕方。

というか、女子とのキャッキャウフフイベントが無い……買い出しの時は実用品ばかりで微妙だったし、帰ってきてから服を出した時は多少盛り上がったけど、黙々とサイズを直したりしてたのでそっちも割と微妙。ちなみに生地のほうは作りたいものが多くてすぐには決められないとの事だった。むー。

ご飯の後はお風呂なので、その時に期待するしかないか……仕方ないので少し早いけど夕飯の仕込みをする事にする。

晩ご飯の主食はパンなのでおかずはベーコンとじゃが芋のガレットにした。簡単に説明すると、細く千切りにしたじゃが芋とベーコンを炒《いた》めて、表面を焼き固めるだけ。ベーコンの油が出るので、油を使う必要は無い。いや、まったく必要ないわけじゃないけどね……最初はできれば少し使いたい。でも貧乏所帯と考えると、わざわざ使えないというか使いたくないというか……そういう理由。チーズとか入れるともっと美味しくできるんだけど、それは説明するだけにしておいた。

食べるのはパンだけどお米も炊く。こっちは明日の朝食用。

炊いたご飯は醬油焼きおにぎりにして、ついでに汁物も作っておく事にする。一晩寝かせれば味も良くなるだろうし？　基本的に香辛料などの調味料はお高いので、今使える調味料の種類は少ない。だから味を良くするには下拵《したごしら》えとかに時間をかけたり、煮込んで味を染み込ませたりするしかない。

汁物のほうの具材は、オーク肉を挽《ひ》き肉にして微塵《みじんぎ》切りにした刻み野菜と混ぜ、肉団子にする。挽き肉作りは全員で頑張った。頑張った後にミンサを出して怒られたけど、道具が無い時の作り方も覚えておいたほうがいいと説明すると納得された。

肉団子はフライパンで表面を焼き固めて、できあがったものの半分は野菜スープに投入。肉団子のポトフってところかな？　もう半分は明日の朝、食べる前に火に掛ける時に入れる。食感の違いとか楽しめればいいかなーと……先に入れた分が煮崩れしてるかもしれないし？　そのまま食べても美味しそうだから、みんなにそれぞれ選ばせるのもいいかもしれない。

晩ご飯の時もケインとボーマンは部屋。二階から2人がなにやら話し込んでる声が聞こえるけど、多分、ガレットなら屋台に出せるとかそういう話だろう……。いや、こんな油まみれのものを手づかみで提供とか、色々アウトでしょ！

紙がそこそこの値段で買えるので包み紙で提供するというのも一つの手ではあるけど、採算とか考えると色々高くつく。というか見た感じで似たようなものの作り方は見当がつくと思うので、すぐに真似されると思うし、そういう意味では売り物には向いてない気がする。

屋台とか露天売りをするならそれこそフライドポテトとかだろうけど、こっちは大量の油を用意するのが難点。それが理由で実は揚げ物料理全般は高級料理扱いだったりする。フライドポテトが高級料理……。なんて世の中だ！

実はフライドポテトは王都に来てから屋台や露天で売ってるのを何度か見た事があるんだけど、油の色が真っ黒でやばかった。食べたらお腹壊しそう……。

◇

晩ご飯の後は待望のお風呂！

とはいえ、お風呂の使い方とかを教えるためにも私は一人だけずっと入りっぱなしで、女子メンバー全員に接待お風呂プレイです。

給湯器の使い方や米糠を使った身体の洗い方を教えるのね。米糠のほうは夕飯前に糠袋を作っておいたので、それで身体をこする。でも力を込め過ぎるのは良くないので、そのあたりの事を教える感じ？　ちなみに糠はリンス代わりにも使える。髪がつやつやしっとりになるので女の子は嬉《うれ》しいと思う。でも汚れを落とす効果は無いから、そこはどろどろ石鹼《せっけん》を使って髪を洗って、その後に糠リンスをしてもらうわけだけど。

どろどろ石鹼、それなりにお高いので髪を洗うのは数日に一度、糠リンスは毎日、という感じがいいのかな？　え？　私は毎日シャンプーにコンディショナー使ってますが、なにか？

湯船の大きさは膝を抱えて密着すれば2人入れるくらいの大きさなんだけど、汚れをふやかして落としやすくするためにも2人ずつ入ってもらった。私も含めて浴室に3人。狭い。

まずトリエラを湯船に入れてしばらく茹《ゆ》でる。茹で上がったら次にリコに浴室に入ってきてもらい、湯船で茹でる。

リコを茹でてる間にトリエラの髪と身体を洗い、それが終わったら軽く湯船に浸かってもらう。多少温まったらトリエラは終了。浴室から出てもらって、次のアルルを呼んできてもらう。アルルが来たらリコには湯船から出てもらって……以下、似たような行程を繰り返し。湯船のお湯は頻繁に取り替えた。うん、汚れがね……うん。

さて、みんなの身体を洗ってあげたりしてたわけなんだけど、ぷにぷにの手触りに内心喜んでいられたのは最初だけでして……2人目の途中で飽きた。

4人全員の洗髪やらなんやらが終わる頃には私の手はしわしわに……。折角のお風呂なのに途中からは野菜を洗ってる気分だった。

うん、リリーさん達と一緒にお風呂に入った時のほうが色々楽しめたよね……。ほら、ここのみんなは私とそう歳も変わらないし、相応にぺったんこでね？　よく考えれば1年半前までは散々見てたわけで。

……なんだこのがっかり感。


そんなこんなでなんとも残念なお風呂体験になりました。ちくせう。

野郎ども？　マリクルとリューに口頭説明しただけですが何か？

◇

さて、この後はみんなで一緒におねむの時間だ！　色々おしゃべりだ！　……あれ？　でも、孤児院にいる時も数人で相部屋だったし、よく考えるとあの頃と何も変わってない……？

いやいや、多少は違うはず！　という事で気を取り直して女子部屋へ移動。二段ベッドは二つしかないので私の寝るスペースは床。適当にマットでも敷いて……なんて考えてたら壮絶な私の奪い合いが！　いや、じゃんけんだけどね？　ちなみに勝者はクロでした。

……私しか気付いてないっぽいんだけど、クロってあれ、後出ししてるよね？　凄い動体視力と反射速度で、そうとは気付かせない速度でやってるからばれてないだけで……。私は【鷹《たか》の目】があるからなんとか気付いた。クロ、恐ろしい子……！

その後は色々な事を話し込んだ。

たとえば、王都まで出てきたけどクロのお兄さんには会えなかった事とか？

クロのお兄さんはクロとは歳が離れてて、結構前に孤児院を出て冒険者になった。最初のうちはたまに手紙とか来てたんけど、ここ1~2年くらいはそれも無くなっていた。

名前はレイヴン。黒猫なのに鴉《からす》……。妹はクロだし、親のセンスを疑う。ちなみにレイヴンは中二病を患ってた。

とはいえ、実はレイヴンの片目は実際に魔眼だったりしたので、痛々しさはそこまでは……いや、そうでもないか。かなり痛々しかった……。

トリエラからは孤児院に仕送りをしたい、なんて話もあった。

可能なら孤児院の経営権を買い取りたいとまで考えているらしいんだけど、それは現実的ではない。とはいえ現状のままでいいとも思えないので、なんとかできないかと色々と調べたりしてはいるそうな。

後はみんなの将来の夢とか？

アルルはやはり料理で身を立てる事らしい。食堂とかやりたいとかなんとか。

クロはまだ特にないとは言ってたけど、もうちょっと実力がついたら私と一緒に行きたいとかなんとか……。可愛いじゃないの！

リコは魔法関係に進みたいけど、私かトリエラとも一緒にいたいみたい？　取り敢えず当面の目標は魔法を鍛えて冒険者として名を上げる、という事だった。

トリエラは色々迷ってるらしい。いくつか考えはあるらしいんだけど、まだどれとも言いがたいのだとか。うーん、みんな色々考えてるんだなあ……。

私？　私は取り敢えずは作ってみたいものが三つほどあるから、それを作るのが一応の目標かな。

三つのうちどれを作るにしても、まずは試行錯誤するための色々なスキルを覚えて鍛えないとだめだろうし、何よりも色々な素材が山のように必要だ。

だから、今は何をするにしても今覚えているスキルのレベル上げと素材集め。親方からミスリルを大量に買い取ったのもその一環だったりする。

まあ、別にそんなに急いでるわけじゃないから、ゆっくりでもいいしね。

そんな感じの事を色々と話してるうちにいつの間にかみんな寝落ちしてた。今日はみんな朝から動いてたからね……疲れが……ぐぅ。

１０３　モーニングハーブティー飲もうよ

うーん……朝？　んー？　天井が近い？　見慣れない天井だけど、ここどこ……？　って、誰かが抱きついてて……クロ？　……あー、そうだった。昨日はトリエラ達の家に泊まったんだった。二段ベッドの上の段だから天井が……。

はー、相変わらず朝が弱くて困る。早起きが習慣になってはいるから時間になると目は覚めるんだけどね……血圧が低いのか、寝起きは結構ぼーっとしてる。だからいつもどおりにしばらくぼーっとして過ごす。

むーん……大分頭がはっきりしてきた。取り敢えず現状確認。クロがめちゃくちゃ抱きついたまま寝てて、私のおっぱいに顔を埋めている。時間は……大分早いかな？　工房にいた時は5時とか6時とかに起きてたから、いつもどおりの時間に起きちゃったのか。

こんなに早く起きてもする事ないんだけど、どうしよう……取り敢えず起こさないようにクロを引っぺがして着替えますかね？

慎重にクロを引っぺがし、【ストレージ】操作でパッと着替えて【洗浄】を使って洗顔と歯磨きを済ませ、鏡を取り出して髪を梳《す》く。そしていつもどおりに緩く三つ編みにして、眼鏡装着。マントは羽織らない。

ちなみに昨日も家の中にいる時はマントは羽織ってなかったりする。お陰で一部からの視線が痛かった。一部っていうか一名っていうか。

さて、着替えも終わったし……んー、朝食の準備でもしておこうかな？　であれば、とアルルを起こす事にする。……起きない。そういえばアルルって凄く朝弱かったよなあ……それこそ、私以上に。

はぁ……仕方ない、一人でやるか。

◇

部屋を出ると向かいの男子部屋の中が丸見えだった。男子が全員シーツに包《くる》まって床に丸くなって寝ていた。せめてマットレスとかシーツの代わりに布とか毛布とか敷くとかさあ……うん、もうどうでもいいや。

一階に下りて竈《かまど》に火を入れて、火が大きくなるまでしばし放置。火が大きくなったら昨晩作っておいたスープの鍋を温める。ついでに【ストレージ】から薬缶を取り出して、適当にハーブを入れて火に掛ける。

おにぎりと肉団子は冷めてるから、んー……焼き直す？　蒸す？　おにぎりのほうは冷めてても美味しいという事を教えるためにも、冷たいままでもいいかな？　肉団子はフライパンで改めて焼きを入れておこう。蓋をして弱火で火に掛けておけば、レンジ代わりにはなるかな。とはいえそのまま放置しては焦げてしまうので、適時フライパンを傾けて適当に転がしながら色々並行作業。

そんな感じで食事の準備を進めていると、二階から誰かが下りてくる足音がする。誰？　ってリュー？　……意外だわ。

「あれ？　レン？」

「おはようございます、リュー」

「あ、うん……えっと、おはよう？　……なにしてんだ？」

「ご飯の準備です」

「えーっと、アルルは？」

「寝てますよ。あの子、朝弱いでしょう？」

「あー、そういえば、確かに……」

雑談しつつも手は止めない。といってもやる事ってそんなにないんだけどね。

「えーっと……」

「そんな所に立ってないで、顔でも洗ってきたらどうですか？」

「え？　顔？」

「お風呂場に行けばお湯が使えますよ」

「あ、うん……」

この国の緯度って結構北の方みたいで最近は朝も割と冷え込むから、朝からお湯が使えるのはありがたいよね。

リューが風呂場に顔を洗いに行ってる間に新たに人が下りてきた。

「あー、いないと思ったら、やっぱり……ごめん、レン。どうしても朝って弱くて……」

「気にしないでいいですよ、アルル。顔を洗ってきてください」

「あれ？　アルル、起きたのか？」

「リュー？　アンタ起きるの早くない？」

「オレはいつもこんなもんだぞ？」

「そうなの？　じゃあ私もちょっと顔洗ってくる」

「おー、そーしろ。つーか、朝からお湯が使えるのってすっげー便利だな！」

「え？　そんなに良い？」

「いや、考えてもみろよ？　冬場とか冷たい水で顔洗うと、ヤベーだろ？　目は覚めるけどさ」

「……ああ！　なるほど、確かに！」

うん、心臓止まりそうになるよね？　我ながら給湯器の設置は正解だったね。軽い足取りでアルルが顔を洗いに行った後、リューは朝食の準備をしてる私の方をボーっと見てた。何？　あんまりじーっと見られてると落ち着かないんだけど？　……邪魔だから追い払うか。

「リュー、暇ならこれで素振りでもしてきたらどうですか？」

以前に立ち回りの練習をしようと思って造った木剣を取り出して、リューに渡す。調理してるところをずっと見られてると落ち着かないんだよね、基本的にコミュ障だし、私。邪魔だからベランダにでも行って素振りでもしてるといいよ。

……ちなみにこの木剣、1回使ったきり【ストレージ】の肥やしになってたものだったりする。

うん、結果が惨敗でしてね？

「え？　これ、使っていいのか？」

「リューにあげますから、好きにしてください」

「……わかった、ちょっと行ってくる。……その、ありがとな！」

ウザイから厄介払いしただけなのに、去り際に照れながら礼を言われても、なんというか……困る。

「あれ？　リューどこ行ったの？」

「ベランダに行きました。邪魔だったので木の剣を渡して素振りでもしてこいって言って追い払いました」

……そういえば、ベランダってノルン達が寝てたような……いや、多分大丈夫。うん、多分。

「うーん……優しいのか厳しいのか、判断に困る」

「別に私は優しくないです」

「ツンデレ？」

「デレてないです」

心外な。私はそんなに甘くないよ？

「そういう事にしておくよ。何か手伝う事ある？」

「特に無いですけど……どういう事をしてたのか説明しますので、ちょっとこっちに来てください」

「わかったー」

アルルにあれこれと私がやってた作業を説明する。そんなに難しい事はないけどね、一応ね。あと、ついでだしお昼用にお米も炊いておこうかな。

「えーと、じゃあこっちのフライパンに入ってるやつは各自で好きにするって事？」

「はい。そのまま食べても美味しいですし、スープに入れても美味しいと思います。食感が違うので、そういった事も楽しめればいいかなあ、と」

「食感の違い……そういうのもあるんだね」

「香りでも色々変わってきますよ」

うん、ご飯って味だけで楽しむものじゃないからね？　そういう考え方もあるというのは知っておいて損にはならないはず。

一通り説明が終わったので、ハーブティーをカップに注いでアルルに渡す。

「これ、美味しい……何入れたの？」

「これはですね……」

いい機会なのでハーブティーに使える野草だのなんだのをいくつか教える事にした。お茶は嗜好《しこう》品《ひん》だけど買うと普通に高い。我々貧乏人には敷居が高い。でも自作できるなら色々便利だ。

「色々ブレンドしてみるのも面白いですよ」

「へー、楽しそう……それに色んな効能があるっていうのも凄いね」

ハーブティーのブレンドとか凝り出すと切りがないから、ほどほどにね？

そんな事を話してるとリューが戻ってきた。……見た感じ、ノルン達に噛《か》まれたりはしてないみたいだ。

「あれ？　なに飲んでんだ？」

食い気優先か……いや、いいけどね？　それよりも。

「汗臭いです。お風呂に行ってください」

「え、ちょ……」

うん、汗臭い。というわけで無理やり風呂場に押し込んだ。

それはそうと、リューは結構しっかりと頑張ってきたみたい？　とはいえ我流だろうからどこまで効果があるのやら……？

……前世では一時期居合をやっていたので、実は私は剣術の基本は知ってたりする。とはいえ私が知ってるそれは刀を扱うためのものなので、互換性はあるだろうけど微妙に使い勝手は違うと思う。それに異世界の技術を教えていいのかどうかの判断がつかない。機会があれば少し見てあげるのはありかもしれないけど、わざわざ時間を作ってまでそれをしようとは思わない。……うん、暇な時に気が向いたらって事で。

などとつらつらと考え込んでいると他の面々も下りてきた。リューの素振りの音で目が覚めたらしい。

そんなリューは鍵も閉めずにお風呂に入ってたので、顔を洗いに行った全員から裸体を視姦《しかん》される羽目になっていた。相変わらずアホの子だねえ……。

全員が揃《そろ》ったところで朝ご飯。ちなみにいつもよりも大分早いらしい。


というわけで、実食！

昨日作った肉団子は一人四つ。そのうち二つは既にスープに入ってるので、好きに食べられるのは一人二つ。皆はどうするのかと思って見てたら、全員一つはスープに入れて一つはそのまま食べていた。

そんな中、ケインとボーマンは大人しかった。ちらちらと私の方を見てたけど。

食後はまったりティータイム。全員ハーブティーを飲んでゆっくりと寛ぐ。まあ、アルルとトリエラはお昼ご飯用に焼きおにぎりを作ってたけどね。うん、さっき朝の準備のついでに炊いてたやつを使ってね？　適当に木の弁当箱を作ってあげたから、それに詰めて持っていくといいよ。キャリーカートも1台進呈しておいたのでそれに積めばいいさ！

お茶を飲みながらみんな笑顔でだらだら駄弁ってたんだけど、その中でもクロが特にご機嫌のご様子。それに気付いたマリクルがクロに理由を尋ねたんだけど……。

「クロ、なんだか機嫌がいいみたいだけど、どうした？」

「んうー？　レンちゃのおっぱい、気持ち良かったから？」

……一瞬で場の空気が凍った。そして私に集中する視線。やめて！　そんな目で私を見ないで！

っていうか一部を凝視するのはやめて！

何故かリコがずるいとかぶつぶつ言ってたけど、聞こえない振り。

とまあそんなトラブルもあったけど、その後私は工房に帰った。みんなはいつもどおりに兎狩《うさぎが》りと薬草採取をするという事で、ギルドに向かっていった。

私はその後は収穫祭までの数日間、いつもどおりに鍛冶をやって過ごした。

そしてやっと収穫祭！　ついにおデートだよ？

104　収穫祭　1日目

はいはい、おはようございまーす。待ちに待った収穫祭当日です！　待望のトリエラ達とのおデートでございます！

そして既に私の準備は完了、もうちょっとしたら工房の裏通りで待ち合わせ。

最初は私が迎えに行くつもりだったんだけど、人が多過ぎるからって事で止められました。ノルン達もいるから平気だって言ったんだけど、いるからこそ逆にトラブルの元にもなりかねないとか言われましてね……お陰でノルンはお留守番という事になりまして？　数日前から物凄くいじけてるんだよ……すまぬ……すまぬ……。

その代わりにベルがついてくる事になってるんだけど、八つ当たり気味にノルンが厳しく修行させたお陰で一昨日までぐったりしていたんだよ……すまぬ……。

収穫祭期間中は工房も休みで職人さん達も皆さんお出かけらしい。というかもう既にみんな出かけてて、残ってるのは親方と女将さんと私だけ。私はお迎えが来たら出かけるので、残るの２人だけ。たまには夫婦水入らずで、とかそういう感じらしい……なるほどなー。

とかやってるうちにお迎えが来たので出る事にする。おはざーっす！

「2人ともはようございます」

「おはよ、レン」

「レンちゃん、おはよー！」

うむう、2人とも先日譲った服を着ておめかししておる。可愛いではないか。

「2人とも可愛いですよ」

「ありがとー！　っていうか、レンちゃん今日もその格好なの？　おめかししたんじゃないの？」

いやー、してはいるんだけどね……。トラブルとか面倒くさいからね？　と説明したものの、リコはどうしても納得がいかないご様子。仕方ないなあ……というわけで、マントは外して代わりにマフラーをぐるぐる巻いて口元を隠す事にした。

とはいえ何かを食べる時には露出するわけですが！　うーん、【隠蔽】と【偽装】を全開で使っておくしかないか……。ついでにマフラーにも付与しとこう。おりゃあ！


さて、準備も終わったので早速大通りに繰り出す事にした。

当然お手て繋《つな》いで！　私が真ん中で2人に挟まれるわけだけど……トリエラ、どうして照れてるの⁉　こっちまで恥ずかしくなるでしょ！　なんなら恋人繋ぎにしてやろうか！　ぎゅー！　……いや、そこで更に照れないで。こっちまで顔熱くなってきたから……！　結局、最終的にリコとも恋人繋ぎで練り歩く事になったとさ！

……さて、気を取り直して。

今日から収穫祭という事で大通りは屋台がいくつも立ち並んでる。となればまずは基本の食い歩きツアー。

とはいっても店の食べ物は基本的に歩き食いができるような串肉とかが多い。適当に買って2人にも分けつつ、当然ベルにもあげる。みんなたくさんお食べ？　我が甘やかしと買い与えは今日も平常運転なのである。

んー、揚げ物は見当たらないなあ。コロッケとか売れると思うけど、レシピが無いのかしらん？あ、フライドポテト発見。でも毎度の事ながら油の色が凄いので私はスルー。でも2人には食べさせた。

「……大丈夫ですか？」

「え？　別に普通だけど……少し食べてみる？」

「いえ、やめておきます」

以前、ハルーラにいた時に揚げ物でお腹壊した事があるからね……。収穫祭もまだ始まったばかりだし、危なそうな食べ物は念のために回避しておく。

芋関係はフライドポテトか、炒《いた》め物を皿貸し出しで売ってるのがいくつか？　他にも汁物がちらほら。

んー、汁物とかは器が使い捨てで使える現代と違って、出しにくいよなあ……揚げ芋にしても、ハッシュドポテトにするとかマッシュポテトを丸めて揚げるとか、色々やれそうなものだけど……

まあ私には関係ないか。

ちなみに貸し出しの皿はギルド提供で、街のあちこちに回収場所があってどこでも引き取ってくれるらしい。買う時にお値段がちょっと高くなってて、回収場所に皿を持っていくとその分のお金が返ってくるシステムになってるみたい。なにか皿の判別方法とかあるっぽい感じ？　よくわからないけど、魔法とかで、なにか、こう……？


ちなみに王都の収穫祭の日程は5日間。

初日の今日は剣術大会が開催される。参加者は平民のみ。とはいっても実質冒険者が大半を占める。武器は剣のみで、武器は刃の潰された剣が貸し出される。

2日目は美人コンテストとか、芸事関連の催し物が行われる。

3日目は中休み。大きなイベントはないものの、王族が神事だの祭事だので北の湖のほとりにある、風の神の神殿に出向いて色々やるらしい。そのため、平民にとっては残り2日に備えてのエネルギー充填期間になる。ついでに道路掃除とかもされる。

4日目は貴族向けのイベント。貴族階級による武芸系の大会が行われる。剣術、馬術、馬上槍《ばじょうやり》、弓術、更には流鏑馬《やぶさめ》もあったりする。

5日目、最終日はなんでもありの武術大会。武器は持ち込み可、貴族も騎士も平民も冒険者も誰でも参加できる混沌《こんとん》としたお祭り騒ぎ。でも当然、この大会が一番盛り上がる。優勝者は騎士爵を授爵されるので、出世狙いの冒険者は気合が入ってたりする。私は爵位についての詳細はよくわからないけど、騎士爵ってそんなにいいもの？　準男爵と違って一代限りの爵位でしょ？　そんないいものでもないんじゃないかなって思うけどね……？

さて、そうなると今日は剣術大会だっけ？　そろそろ試合始まってる頃かな？

「お腹も割と膨れてきたし、そろそろ剣術大会見に行ってみる？」

「それは構いませんけど、見て楽しいものですか？」

「んー、正直言うと私も微妙ではあるけど、実はケインとマリクルが出場するんだよね」

え、マジで？

「ほら、初日の剣術大会って武器は貸し出しでしょ？」

「ああ、なるほど……」

トリエラのパーティーは武器らしい武器は無いから、剣が貸し出される初日の大会はありがたいわけだ。でもなあ……。

「マリクルはともかく、ケインは正直どうでもいいんですが……」

「だよねー」

「でもまあ、マリクルのついでに見に行きましょうか。暇ですし」

「そうだね、暇だしね」

流石ケイン、散々な言われようである。でも日頃の行いがアレなので当然の結果だ。

　そんな感じでケインの悪口で盛り上がってるうちに会場に到着。全ての武術大会は第二区画にある闘技場で行われる。会場入り口付近のトーナメント表で２人の戦績を確認……。あ、２人とも初戦は勝ち上がってる？　なかなかやるではないか！　でもまだまだ子供だから体格差がきついし、次あたりで負けるんじゃないかなあ？　とはいえ応援はしてやるかね？

　人混みを掻《か》き分けてなんとか観客席まで辿《たど》り着く。うん、全然前が見えねーや。私の足元にいるベルも非常に困ってる様子。

　気合と根性でなんとか最前列まで辿り着くと、丁度目の前で試合が終わったところだった。

　よくよく見てみればマリクル。しかも勝ったっぽい？　でも肩で息をしてて流石に次は無理そうだなあ……。

　周囲の話を盗み聞いてみると、マリクルは剣だけではなく盾も借りて使っていて、歳の割にはしっかりと盾を使いこなして戦っていた模様。日々の角兎《つのうさぎ》狩《が》りの成果がちゃんと出てるとか、普通に凄い。ご褒美に後で豚丼を食べさせてあげよう。豚丼、気に入ってたみたいだし。

　そんな事を考えていると次の試合が始まった。タイムリーな事にケインの試合だ。でも、なんか対戦相手に妙に見覚えがあるような……え？　ニール？　なんでニール⁉

　ストーカー⁉　いやいや、流石に私を追いかけて来たというわけではないはず……？　そう思いたい。

　そんな私の混乱を他所に試合は進んでいく。素人目に見てもニールは普通に強かった。そしてケインは素人丸出しの動きだった。でもところどころでハッとするような反応を見せ、なんとかニールに対抗してはいたんだけど、順当に敗北。

それなりに善戦したケインに対してトリエラ達は悔しがってたんだけど、私は想像以上にニールが強かった事のほうに驚いていた。今までのニールを見てた感じだと、もっと、こう……へっぽこな奴だと思ってたんだけどねえ？

農民上がりのはずなんだけど、ちゃんと剣術してたというか、体系立てた正統の剣術を使ってるように見えた。どこで習ったんだろう？　ふむー？

とはいえ、相手をするのが面倒な奴なので係わり合いにならないように気をつけておこう。うん。

……って、なんでケインとニールはお互いを称え合ってるんでしょうか？　意気投合してるようにも見えるんですが？　おいおい、私の苦手な相手２人が仲良くつるむとか、やめてくれませんかね？　トリエラの家に遊びに行ったらばったり遭遇とか、マジで勘弁してよ!?

その後、次の試合でマリクルが敗北するのを見届けた後、会場を後にした。

微妙な顔をしてる私に気付いたトリエラとリコに、ニールの事を説明する羽目になったんだけど、勝手に家に人を招かないようにケインにきつく言っておく、と約束してくれたので、なんとかなるといいな……いや、遊びに行く時は事前に色々打ち合わせをするようにしよう、そうしよう。

剣術大会を冷やかした後はまた食い倒れツアー再開。でも途中で胃もたれで３人ともダウン。流石に肉が続くとつらい。

お腹が落ち着くまで広場にあるベンチに座って休憩。でも口寂しいので以前作ったプレッツェルとジュースを鞄《かばん》から出す振りをして取り出して、ポリポリ。２人も欲しがったので２人にも食べさせた。

周囲の視線が集まって『あれはどこに売ってるんだ？』とか『声を掛けるついでに聞きに行く』とか聞こえてきた気がしたけど、きっと気のせいですね。

ベルが威嚇していたので声を掛けてくるような人はいなかったけど、居心地が悪くなったのでちょっと早いけど予定を変更して、今日は解散する事になった。

とはいっても私は２人に工房まで送ってもらったんだけどね。みんな、私の事心配し過ぎじゃない？

収穫祭もまだ初日だし、取り敢えず今日はこんなところかな？　さあさあ、次は２日目だー！

105　収穫祭　2日目

さて、収穫祭2日目ですよ？


今日も昨日と同じ感じの時間で待ち合わせして合流。そのまま大通りに繰り出して、という流れなんだけど、2日連続はあんまり芸がないよなあと思わなくもない。

ちなみに今日は音楽コンテストとかもあるので、色々と見て回る予定。でも美人コンテストなんかはフラグの匂いがぷんぷんするので絶対回避せねばなるまい。

2日目の催し物は色々あるので、当然会場もあっちこっちにあったりする。そして、会場の周辺は大道芸とかの出し物なんかも多い。会場の中に入れない人も多いから、そういう人達狙いだろうな、と推測してみたりする。

で、更にそれらを見物しながら食べられるような食べ物の出店も多くて、お陰で道路が狭くて混《こん》沌《とん》としてるわけで……。

はい、ぶつかって食べ物の汁で服が汚れました。

ああいや、私じゃなくてトリエラなんだけどね。

このままにしておくのも可哀想なので、会場の一角にあるお手洗いスペースに移動して着替えさせようとしたんだけど……うん、なんか凄い混みよう。

ここのお手洗いの洗面スペースには鏡があるんだけど、中にいる人達はこぞってそれを利用して化粧してたり個室スペースを使って着替えてたり……。どうやら美人コンテストの出場者達らしい。

施設内の準備室が使えるようになるのは本戦かららしく、予選の段階では使わせてもらえないとかなんとか？

というか、私達は隣の芸人コンテストの会場の方に行こうとしてたはずなんだけど？　どうやら人混みに流されてこっちの方に来ちゃった模様。最悪だわ。

んー、目立ちたくないから【洗浄】は使わなかったんだけど、これは失敗したかもしれない。

「レン、もういいよ。こんなに混んでると私達邪魔になっちゃうし」

「だめです、女の子はちゃんと綺麗《きれい》にしておかないと」

「そうだよトリエラー」

流石に上着の前面にべったりと肉汁が掛かってる状態で歩き回らせるのは私が許せない。とはいえ、こうも混んでると着替えるにも空きスペースが無いし…諦めて私の【洗浄】で綺麗にする事を提案してみたんだけど、目立つからだめと２人に却下された。

「……どうやら、私達も出場者と思われて邪魔されてるみたいですね」

「え？　なんでそうなるの？」

周りにいる女性達の私達を見る視線がめちゃくちゃキツイから、どうやらそういう事なのではないかなー、と予想してみたんだけど……うん、多分当たり。

いや、別に私一人のせいじゃないんだよ、多分トリエラ達も原因なんだと思う。

ほら、トリエラ達の家の改修したじゃない？　その時お風呂もつけたでしょ？　更に身綺麗にするために糠《ぬか》の利用法も教えたでしょ？　そのお陰で2人とも髪と肌の色艶とか、凄いんだよね。

そもそも、平民でもお風呂に毎日入れるなんてのは富裕層がほとんどで、平均的な平民ならお湯を沸かして盥《たらい》に張って身体を拭う程度。下手すればお湯どころか水。それが冒険者ともなればそれなりに稼ぎがないと難しかったりするわけで。

そんなわけなので、周囲の女性陣とトリエラ達の髪とか肌とかを見比べると、やっぱり周りの人達はくすんでるというかなんというか……。

そりゃこの状況で私達は参加者じゃないですとか言っても説得力ないよね。ははは……はぁ。

仕方がないので私とリコで腕を組んで無理やりスペースを作って、なんとかトリエラを着替えさせる事には成功。次はそこから無事に外に脱出するのに四苦八苦という……いや、ライバルを減らそうって事なんだろうけど、正直怖いです。

◇

結局コンテストの運営委員っぽい人が乱入してきてその状況からは解放されたんだけど、そこでまた次のトラブルが。

私達に目を付けた運営の人がしつこく出場を勧めてくるというね……特に私に。いやいや、出ないって！

そして意外な伏兵の登場。はい、リコです。

「勿体《もったい》ないよー、折角なんだし、レンちゃん出ようよー」

「こらリコ！　レンも嫌がってるんだから無理言わない！」

「でもレンちゃんなら優勝間違いなしだよ！　トリエラもそう思うでしょ⁉」

私の性格を理解してるトリエラが諫《いさ》めようとしてくれてるんだけど、あんまり効果が無いというか……更にはそんなリコの言葉を聞いた運営の人も一緒になって出場を勧めてくるし、ちょっとイライラしてきた。

うーん……いくらリコのお願いでも流石にこれは聞けないんだよね。私は目立ちたくないし、面倒くさいし。それに忘れがちになるけど、カエル顔の商人の件とかあるし。

それに今回のリコのこれは完全にただの我が儘《わがまま》。珍しい事だから聞いてあげたい気持ちはなくもない。でもいくら可愛がってる妹分とはいえ、これは流石に……。

諦めて叱るために口を開こうとしたら、

「あれ？　お前らそこでなにやってんだ？」

「え、リュー？　アンタこそこんな所で何してんのよ？」

「オレはボーマン達と美人コンテストでも見ようかって来て、はぐれた。んで、お前らは何してんだ？　なんか揉《も》めてたみたいだけど……」

なんでかタイミング良くリューが通りかかって、話に交じってきた。なんというか、こういう時って知り合いの遭遇率が妙に高い時ってあるけど、もしかして今日はそのパターンだったりする？

私はタイミングが外れて何か言う空気じゃなくなってしまったので仕方なく黙ってたんだけど、その間も話は進んでいく。

リューもトリエラから話を聞いて……事情を知ったリューがなんとリコに説教を始めるという事態に。いやいやいや、この状況どうなってるの？

「おい、チビ！　お前、いくらなんでも我が儘言い過ぎだろうが！　レンの迷惑考えろ！」

「なんでリューにそんな事言われなきゃいけないのよ！　リューには関係ないでしょ！」

「お前なあ……いくら可愛がられてるからって我が儘言い過ぎるのはだめだろ？　レンが色々してくれてるからって、ソレは違うだろ？」

「むうー！　色々してもらってるのは私だけじゃないし！　トリエラだって色々してもらってるのに、なんで私だけ言われないといけないの!?」

「トリエラは毎回遠慮してるし、お前と違って我が儘は言ってないってマリクルに聞いたぞ？　レンに可愛がられてるからって調子にのんな。レンが嫌がってるんだから、そういう時の我が儘はやめろ」

「うるさい！　大体リューだってレンちゃんに迷惑かけてたじゃない！」

「おー、そうだよ！　それであんな事になったからな！　反省はしてるし、もう二度とあんな事するつもりはねーよ！　それでお前はなんだよ？　我が儘言って嫌われて、オレ達みたいになりてーのか？　それなら止めねーぞ？」

「それは……」

「お前、オレと違って今までちゃんとしてきたじゃねーか。ちょっと頭冷やせ、レンが面倒見がいいからって勘違いしないようにしろよ？　怒らせるとこえーぞ？」

「…………………ごめん」

「言う相手が違うだろ」

「レンちゃん、ごめん」

……え、リューが凄い成長しててびっくりなんだけど。これ、本当にリュー？　マジで？

あ、取り敢えずリコに返事しないと……あー、でもちょっとは痛い目見せないとだめかな。流石に甘やかし過ぎた実感はある。そういう意味では私自身の失敗でもあるんだけど……取り敢えずリコへは言葉は掛けないで頭を撫《な》でるだけにして、リューにはお礼言っておこうかな。

「リュー、ありがとうございます。代わりに叱ってくれて助かりました。怒るのってあまり好きではないので……」

怒るのって疲れるからね……。

まあ、リコも孤児院にいた時と違って今は自分が一番年下だからね……孤児院にいた頃はずっと我慢してきたし、今は私があれこれやらかし過ぎちゃってるから、ちょっとタガが外れちゃったんだろうと思う。

「気にしないでいーよ、別に。パーティーの問題でもあるだろ、こういうのって」

うーん、本当にリューの成長が著しい。頑張ってるなー。

でも取り敢えずは一件落着？　とはいえ私が出るつもりはまったくないけど、折角だしトリエラ達が出るというのはどうだろう？

「そんなわけだから、コイツが出るのはなしって事で！」

「残念ですね……」

リューが運営の人に色々言ってるけど、んー……。

「私は出ませんけど、トリエラ達は出てみたらどうですか？　何事も経験という事で」

「え、私達？　無理無理！」

「……私はやめとく。トリエラは出てみれば？」

「無理！　一人でとか、無理！」

「……なら、リューがトリエラと一緒に出てみません？」

「はぁ!?　オレ、男だぞ!?」

「大丈夫、私がなんとかしますよ」

うん、リューって実は結構顔立ち整ってるんだよね……うん、化粧とかすればいけるいける！

「いや、流石に無理だろー……」

「じゃあ、さっき代わりに叱ってくれた事のお礼も兼ねて、出場してくれたら片手剣を進呈しましょう、どうです？」

「う……片手剣って……」

「ちゃんと実戦向けのやつです」

「……トリエラのやつよりも刀身長い？」

「リューの体格を考えるとあれくらいのほうがいいとは思いますけど……、希望どおりの仕様で打ちますよ？」

「う～…………あー、もう！　わーったよ、出るよ！」

計画どおり！　ニヤリ！

話を聞いていた運営の人も何故か乗り気で、特別に会場内の更衣室を使っていいとか言い出す始末。

多分この人、面白ければなんでも良い人だ。私を出場させようとしてたのもコンテストの場を荒らしたかっただけっぽいな……いやあ、でもこれで面白くなるね？

◇

「オレもう、外、歩けない……」

「リュー、元気出しなよ。これで剣も手に入るんだしさ？」

数時間後、途轍《とてつ》もなく落ち込んだリューがトリエラに慰められてたりする。

いやあ、予想以上の結果に驚きだね！

うん、結果だけ言おうか。リューはなんと10歳以下の部で優勝しました。ぶっちぎりの得票数で、私、ちょっと引いちゃったよ。


私がリューの女装をプロデュースしたわけなんだけど、流石に化粧の経験なんて前世の時を含めてもあんまりないからね……。だから【偽装】と【隠蔽】を使いつつ、【マルチタスク】で全ての角度からそれらしく見えるように計算して化粧を施してみたんだよ。その結果、とんでもない美少女が誕生したわけですよ。【偽装】凄い！　っていうかヤバい！

元々、肌はトリエラ達と同じ糠石鹼《せっけん》を使ってるからツヤテカだし、カツラを被せたらもう別人。年齢的に骨格もまだできあがってないし、これが女装と見破れる人はそうそういないんじゃないかな？

そしていざコンテストが始まってみれば、凄い注目の視線！　ちなみにトリエラはリューの付き添いという事にして、出場は控えた。複雑な顔で。

まだ声変わりはしてないとはいえ、流石に声を出したらばれるかもしれないと思ったリューはあまり声は出さずに小さく縮こまってもじもじしてやり過ごそうとしてたんだけど、それが内気で人見知りする深窓の美少女にでも見えたのか、絶賛の嵐。

そしてあれよあれよという間にリューは優勝してしまったのだ。いやあ、本当に面白い結果になったね！

そんな感じで予想以上の結果に一人ニヤニヤしてたら、向こうの方から物凄い勢いでボーマンが走ってきた。あの省エネ人間が走るとか、珍しい。一体何事？

「トリエラ、さっきの子、誰だ⁉　どこ行った⁉」

「え、ちょっと何？　どうしたの？」

「教えてくれ、あの子はどこの子だ！　どこに行けば会える⁉」

あっれー？　もしかしてこれ、面倒な事になった？

……話を聞いてみると案の定面倒な事になっていた。どうやらボーマン、女装したリューに一目《ひとめ》惚《ぼ》れしたらしい。

客席からコンテストを見てたらしいんだけど、その可憐《かれん》さにどうのこうのと……ごめん、ちょっと気持ち悪い。日頃とのギャップで凄い不気味。

そんなボーマンが謎の美少女を讃《たた》える言葉を聞いて顔を青くしてるリュー。真っ青で今にも倒れそう……。大丈夫、ばれやしないよ。……多分。

結局トリエラはたまたま頼まれただけで、名前は知らない。人見知りを直したいと言っていたので少し協力しただけ、という苦しい言い訳で誤魔化した。それを聞いたボーマンは謎の美少女を探しに走り去っていった。

「……オレ、同じ部屋で寝るんだけど、大丈夫か……？　身の危険を感じるんだけど……」

「大丈夫、わかりませんよ。それでも気になるなら衝立でも用意して部屋の中を間仕切りするとかはどうです？」

「そうする……」

「なにか起きた時は剣で刺しちゃえばいいんですよ」

「あ、剣……」

「んー……今、用聞きするよりは収穫祭が終わってからのほうがいいですか？」

「うん、落ち着いてからで頼む。ありがとな、レン」

「いえいえ、なんだかリューを大変な状況にしてしまったようですし、その分、約束はちゃんと守ります」

「悪い、その話はもう言わないでくれ……」

「あ、はい」

うーん、ちょっと悪い事をしてしまったかもしれない……。青い顔をしながらリューはふらふらと家に帰っていった。なんかごめん……。


その後は気を取り直してトリエラ達と食い歩きツアーをしたり音楽コンテストに行ってみたりして過ごした。

音楽コンテスト、なんというか普通といえば普通……？

前世の楽曲とか披露したら色々面白い事になりそうかなーとか思わなくはなかったけど、流石にそんな悪目立ちするような事をするつもりは毛頭ない。

とまあそんな感じにトラブルのような事件もあったけど、2日目はまずまずの一日だった。

106　収穫祭　3日目

はーい、収穫祭3日目でーす。

っていっても今日は中休みの日だから、出かけないいんだけどね。昨日一昨日と結構歩き回ったから ちょっと疲れてるし、トリエラ達の財布も心配だし。いや、かなり奢《おご》ったけど、2人とも結構遠慮して自分で払ったりもしてたんだよね……。

とまあ、そんなわけで今日は工房でまったり過ごす予定だったりする。それにちょっと時間のかかる料理の仕込みとかもしたいかなーって？

そう思っていた時期が私にもありました。

「その、ごめん……迷惑かとは思ったんだけど……ちょっといづらくて」

「えーっと……まあ、私もこうなったことの一因ですし、構いませんけど」

うん、リューがね……工房まで来てね？　ちょっと匿って欲しいとかなんとか……。いや、理由はわかってるからいいんだけど。

昨日の事が原因なのか、収穫祭前まではずっと落ち込んでたボーマンが今ではずっとブツブツ言ってて怖いんだってさ。

『絶対に見つける』とか『運命の人』とか『商人として大成して迎えに』とか、まあ色々呟《つぶや》いてるらしい。ある意味っていうかまさしく当事者のリューとしてはそりゃ怖いよね、うん。

そんな状況だし、気持ちはわからなくはないので今日は工房内に入れて時間を潰させてあげる事にしたのだ。そんな状況になった一因は私にもあるしね……。ん～、今までにない方向のやらかしだなあ。今後は気をつけよう。

でもまあ、折角だし収穫祭が終わってからにしようと思ってた剣の御用聞きでもしておこうかな？　料理の仕込みは大体終わったし。

ちなみに作ってた料理はオーク肉を使ったチャーシュー。チャーシュー丼とか美味しいよね～、刻みキャベツたっぷりに煮汁もかけて……じゅるり。後は他にも細々といくつか？

ちなみに中庭で煮込んでたんだけど、煮込んでる時には当然いい匂いがまき散らされるわけで、今日は工房で休んでた職人の皆さんがチラチラ様子を見に来ててちょっと落ち着かなかった。

でもこれ、すぐは食べられないからね？　火を落としてからじっくり味を染み込ませないといけないからね？　っていうか分けるつもりはないよ？

それでまあ、まだ午前中なんだけど、リューから欲しい剣の仕様を聞く事にした。お昼を食べたら早速打つつもり。

ちなみに鍛冶場の使用許可は既に出てたりする。工房が休みとはいえ修業を積みたいお年頃の職人や見習いもいるからね。遊びよりも修業を優先する人は結構いるらしい。

えーと、長さは成人男性が使うような平均的な長さで？　リュー自身が非力だからできれば軽いほうがいい、と？　そうなると刀身の刃幅を減らして細身の剣にするしかないかな……。取り敢えず見本として数本の剣を取り出して、実際に振らせてみる。

「これが一番いいと思う……。刀身の長さも丁度いいし、刃の幅もそんなに細くないし」

「重くありませんか？　もう少し軽いほうがいいと思いますけど」

「あー、その辺は頑張って鍛えるよ。それにオレ、細いだろ？　これで背もあんまり伸びなかったら体重も軽いままになるだろうし、そうなると武器自体が重いほうが威力が上がる？　とか聞いたし？」

なるほど、武器が重ければそれ自体の重量が斬撃に乗ると。ちゃんと調べてるみたいだね。

とはいえ、今から体格に合わない剣を無理に使うのも色々負担が大きそうな気もする。

……んー、おまけで短身のショートソードも付けてあげようかな？

色々考えてるうちに丁度お昼になったので、ご飯の準備。ついでだしリューにも食べさせようか。

さっき作ったチャーシューで早速丼物を拵《こしら》える事に。んー、流石に1~2時間だとまだちゃんと味が染みてないなあ……むーん。

「うまっ！　なんだこれ、すっげー美味い⁉」

「明日になればもっと美味しくなるんですけどね」

「マジかよ⁉　前に食ったやつと違って肉も分厚いし、オレ、あっちよりこっちのほうが良いな！」

　前にって、豚丼の事かな？　でもあっちはあっちで食べやすいから私はどっちも好きだけどね。どんなものでも食べ物の優劣は決めがたい。

「あー、オレ野菜あんまり好きじゃないけど、これだとめちゃくちゃうめーな！　これだったらいくらでも野菜食えるわ！」

　煮汁もかけてるし、肉と一緒に食べれば野菜の美味しさは倍増だからね。私は野菜も大好きだけど。あー、今度色々惣菜《そうざい》サラダとか作ろうかなぁ。むぐむぐ。

　遠目に工房の人達が様子を窺《うかが》ってるけど、声を掛けてはこない様子。知り合いと一緒にいるから遠慮してくれてるみたい？　でも物凄く食べたそうにしてる気配がする……。気付かない振りしておこう。


　ご飯を食べた後は早速剣を打つ。面倒なのでリューも鍛冶場に入れる。でも話しかけられると集中できないので黙ってじっとしてるように言い含めておく。

　……いや、だからってそんなにじっと見られても落ち着かないんだけど……もういいや、集中集中！

　がーっと一気に1本目のショートソードを打ち上げて、続けてサブウェポン用に刀身短めのショートソードも打つ。それが終わったら刀身以外の部品を打ち出して、終了。んー、2時間くらい？　我ながら相変わらず頭がおかしい速度だなー。

【乾燥】を使って汗と服を乾かして、【洗浄】で汚れを落として一息。

「後はこのまま置いて冷まして、組み立ては明日以降ですね」

「よくわかんないけど、なんかめちゃくちゃ早くねーか……？　でも、できあがりは明日以降かー……」

　いや、組み上げた後にリューに合わせて微調整するから、すぐってわけじゃないんだけど……。まあ細かい事はいいか。

「受け取りはどうします？」

「収穫祭もまだ2日残ってるし、その後でも全然問題ないぞ？　こういうのは慌てたって意味ないしな！」

　うーん、本当にリューは成長しまくりだなあ……。頑張ってる子は嫌いじゃない。んー……どうせ明日も出かけるつもりはないし、さっさと仕上げちゃうか。後は……革鎧《かわよろい》の補修用の予備部材って結構余ってたっけ？　……うん。

「リュー、ちょっとそこに座ってください」

「え？　ここ？」

「はい」

リューを椅子に座らせて、部屋の隅においておいた鞄《かばん》から取り出す振りをして、革鎧の部材諸々を【ストレージ】から出す。

そしてリューの身体に合わせながらサイズ調整して組み上げていく。何度もやってる作業なのですぐ終わる。いや、ほら……胸のサイズがね？　すぐ変わるから……。

「ちょ……レン、いいのか？」

「ちょっとしたサービスです」

うん、これから毎晩リューは貞操の危機だしね？　頑張って逃げ延びてください。そう伝えたら凄い微妙な顔をされたけど、これで実際何かあっても私はもう責任は負わないからね？

ちゃっちゃと組み上げて、あちこち微調整してできあがり。

「どうです？　動きにくいところとかありますか？」

「いや、大丈夫だ。すっげーなこれ、トリエラのやつも同じような感じなのか？」

トリエラの鎧を造ってから色々とスキルレベルが上がってるから、リューの鎧のほうが強かったりするんだけどそんな事は言わない。

「身体ができあがらないうちは革鎧とかのほうがいいと思います。革鎧や胸当てとかの軽量の金属鎧ですね。というかこれから成長期でしょうから、できれば革の服とかコートとかのほうがいいんでしょうけど」

今の年齢から考えてもちょっと細過ぎるから、リュー自身が言ってたようにあんまり大きくはならない可能性もある。その分筋肉を付けるしかないんだろうけど、その辺は本人が頑張るだけの話。と言いつつこの1ヵ月くらいで既に私と同じくらいに背が伸びてるんだけどね！　ちくしょーめ！　……せめて150cmは欲しいな……はぁ。

「あー……うん、わかった。ありがとうな！」

「いえいえ。それはそうと明日には剣を仕上げるつもりですけど、どうします？　午後には渡せると思いますが」

「え、明日出かけねー、じゃない、出かけないのか？」

「私が貴族の試合とか見物してもあまり得るものがないので……」

弓の腕とか馬術はちょっと気になるけど。あと流鏑馬《やぶさめ》はちょっと見てみたい気もする。でも多分私の【狙撃】のレベルなら余裕でこなせる気もしなくはなかったりするんだよね。あ、でも【騎乗】がまだレベル低かったっけ？　そのうち上げておかないとなあ……。いざという時の逃亡用に。

「そんなもんか？　でもそうなると……あー、じゃあ夕方前くらいでも大丈夫か？　オレ、色々見て回りたいんだ」

「構いませんよ。強くなるためには強い人の動きをよく観察する事も大切ですから、頑張ってください」

「おう、そんな感じの事ギムさんも言ってたんだ！　どうしてそういう動きをしたのか、ちゃんと考えながら観察するようにってさ。

よくわかんねーけどなんとなく言いたい事はわかるような気もするし、レンも同じ事を言うって事は、多分凄く大事な事なんだろ？　オレ、強くなりてーからちゃんと頑張るぜ！」

おー、あれだけやんちゃで人の話聞かなかったクソガキが、僅か数日でこんなに立派になって……残りの二馬鹿もリューを見習えと言いたい。

え？　いつまで経っても自重を覚えないお前が言うな？　それはそれ！　これはこれ！　それに一応相手と状況は選んでるつもりだよ！　……つもりなんだよ。

さて、最後にリューの革鎧の腰にダガーを取り付けて完成。リューはなにやら色々言いたそうにしてたけどガン無視。好意は黙って受け取っておけばいいのだよ。

ち、違うんだからね、別にデレたわけじゃないんだからね（棒読み）。

……うん、我ながら気持ち悪いわ、これ。キャラじゃないっていうか……。


その後、適当な時間になるとリューは帰っていった。ダガーがよっぽど嬉《うれ》しかったのか実に軽快な足取りで。

夕食の席では工房の皆さんが何か言いたげなというか、物欲しそうな目でこっちを見てたけど、スルー。この場に出したら折角作ったチャーシューが全部食べられてしまいそうというか、間違いなくそうなる気がするので。

その代わりにデザートとしてチャーシューと一緒に作った芋餅を出してみた。他にも色々作ったのがあるけど、取り敢えず一人三つね？　私の分が無くなるとイヤだし。

これ、たまたま作り方を知ってたやつだったりする。結構お腹に溜《た》まるからおやつ代わりというか、忙しい時のご飯代わりにもなって割と便利。

材料がじゃが芋だって言ったら凄くレシピを知りたそうな顔されたけど、流石にちょっとレシピ教え過ぎな気もしたので今回は気付かない振り。女将さんも思うところがあるのか追及してこなかった。すまんね。

その後はお風呂に入って就寝。うーん、今日はぐだぐだだったな……明日も適当に過ごす予定だからぐだぐだになりそうな気がする……ぐぅ。

107　収穫祭　4日目・5日目

あー、収穫祭4日目です。

といっても今日も特に出かける予定は無いんだけど。今日の予定は時間のかかるコンソメスープの仕込みと、リューの剣の仕上げ？　コンソメはとにかく時間がかかるので今日は丸一日潰れる覚悟。量も欲しいので大量の寸胴鍋でまとめて一気に作るつもり。頑張ろう……。

中庭を使わせてもらって延々とアク取りだのなんだのやってるうちにあっという間に昼。うん、もうなんというか……疲れてきた。並行して他にも色々作ったりしてたんだけど、やはりコンソメは面倒くさい。でも色んな料理にも使えるし、仕方ない。

昼食後も延々コンソメ。合間を見てリューの剣を組み立てて、後はリューが来るのを待ちながらコンソメ。いい加減飽きてきた……もう、魔法で一発でいいんじゃなかろうか？　でもここまで来たら意地でも最後までやりたい……うぐぅ。

朝の6時頃から始めておよそ10時間、夕方5時頃にリューがやってきたので鍋を全部【ストレージ】に仕舞って調理器具諸々も片付けて、ひとまず終了。

ここまでやってもまだコンソメじゃなくてブイヨンだったりする。やはり明日も続きをやらないとだめか……泣けてきた。冷ますのは魔法でなんとかしよう……。【創造魔法】を使えば『冷めた状態のスープ』に変えられるんだよね。あと、熟成とかもできる。地味に便利なのだ。

◇

「なんかものすっげーいい匂いするけど、またなんか作ってたのか？」

「ええ、まあ……まだできあがってませんけど」

「そうなのか？　いつからやってたんだ？」

「朝、起きてすぐくらいからですね」

「……そんなに時間かかってるのにまだできあがらないのか。料理ってヤベーな」

「美味しいものを作るのには手間も時間もかかるんですよ」

と言いつつ、結局魔法で手抜きする事にした私である。

それはさておき、さっさとリューの剣の微調整でもしましょうか。というわけで実際に何度か振らせてみて、柄に巻く革紐《かわひも》だのなんだのを調整。サブウェポンの短身ショートソードも同じように調整。うん、まあ、こんなところかな？

「なあ、なんで2本？」

「今のうちから身体に合わない剣を使うのもあまり良くないので、身体を壊さないようにサービスです」

「いいのか？」

「厚意は素直に受け取っておいてください。珍しい私の気まぐれですよ？」

「えーっと……ありがとう？」

「どういたしまして？」

リューは首をかしげながら『珍しいか？』なんてぶつぶつ言ってるけど、聞こえない。長剣のほうは背中に背負うようにして、短身剣のほうは腰に下げるようにする。

背負ってるほうの鞘《さや》は鯉口《こいぐち》のあたりを固定してる紐を解くと割れて開くようになっているので、抜剣する時に変な動きをしたりしなくて済むようにしてみた。納刀の時はなんとか頑張って頂戴な。

「なんかすげー『剣士』って感じになった気がする……」

「見た目だけなら剣士ですね」

「おう、見た目だけだけどな！　後はオレ次第かー！　頑張らねーと！」

おー、頑張れ頑張れ。既にいい時間だったので剣を受け取ったリューは走って帰っていった。

後日聞いた話によると、家に帰ったリューの身につけた2本の剣を見たケインは凄い泣きそうな顔になっていたそうな。前日帰ってきた時に身につけていた革鎧《かわよろい》とダガーを見た時も何か言いたげだったらしいけど、結局何も言ってこなかったらしい。

まあ普通にまともな神経してたら何も言えないよね。その程度には分別があったらしい。

リューが帰った後、晩ご飯の時に中庭で何を作ってたのか聞かれたので『バカみたいに手間の掛かるスープ』と答えておいた。まだ完成してないとも伝えたところ、流石に食べたいとか言い出す人はいなかったので一安心。いや、言い出されても困るんだけど。

食事の後はお風呂に入ってちょっと早めに就寝して、収穫祭4日目は終了。

◇

でもって収穫祭5日目。

今日も出かける予定は無し。面倒くさい。武術大会は少し気にならないでもないけど、あんまり興味が湧かない。というか今はコンソメ作りのほうが大事。

午前中一杯使ってなんとかコンソメスープができあがり、早速味見でもしようかな、と思ってたら何故かトリエラ達が迎えに来た。

一緒に武術大会の本戦を見に行かないか、って事らしい。うーん。

「昨日一昨日って引き籠もってたんでしょ？　折角の収穫祭なんだし、最終日も引き籠もってるのは勿体《もったい》ないって！」

「言いたい事はわかりますが……」

「大丈夫大丈夫！　ワンちゃんも一緒なんでしょ？　それに私達全員いるし、何かあってもちゃんと守るから！」

ワンちゃんって、犬じゃなくてフェンリル……あ、地味にベルが落ち込んでる。

ちなみに迎えに来たのは女子全員だったりする。結局全員の強い押しに負けて一緒に武術大会観戦に行く事になった。面倒くさいなあ……。


大急ぎで会場まで移動し、気合と根性でなんとか最前列に割り込み、席を確保。ちなみに男子メンバーは別行動らしく、別の場所で観戦してるとか。私に気を使ってくれたっぽい？　うん、それはありがたいんだけど、それはそうとして私まだお昼ご飯食べてないんだよね。

ダミーの鞄《かばん》は持ってきたので【ストレージ】から食べ物を取り出すのは問題ない。とはいえここで弁物とかを出すのは……んー、取り敢えずおにぎりとか、場所を取らないで食べられるものにしよう。

周囲がワーワーと盛り上がりながら試合を観戦してる中、一人黙々とご飯を食べる。醤油《しょうゆ》焼きおにぎり、芋餅、チャーシュー串、半熟煮卵。うまうま。

マグカップにさっきできあがったばかりのコンソメスープを注いでちびちび飲んでると、周囲が静かになってる事に気が付いた。なんぞ？

周りを見てみると観客の皆さん、私を注視しておられる。

「レン……さっきから匂いがやばいから」

そんな事を言われても……お腹が空いたんだから仕方ないじゃない？

とはいえ周囲の視線があまりにも痛いので、已《や》む無《な》く折角のコンソメスープを一気に飲み干して、試合観戦に集中する事にした。じっくり味わいたかったのに……勿体ない。

「あ、あれって初日の剣術大会でケインに勝った人じゃない？」

口寂しくてプレッツェルをぽりぽり食べてたらトリエラが変な事を言い出したので、顔を上げて競技スペースを見てみると本当にニールがいた。初日も出て今日も出るとか元気あり余ってるね、別にどうでもいいけど。

対戦相手は……あれ？　あれってニールの仲間の、えーっと……ベックさんだっけ？　常識人で苦労人の人の。折角の大会で仲間と当たるとか……ついてない人達だねえ？

試合が始まってみると、実に一方的な展開だった。ベックさん強過ぎ。なにあれ、ちょっとしゃれにならないいんだけど。

でもよくよく見てると2人の太刀筋とか立ち回りはかなり似てる気がする。もしかしてニールの剣術の師匠ってベックさんなのかな？

同じパーティーだし、普通に考えると農民上がりのニールが正当な剣術を習うコネとか持ってるはずもない。もしかすると同門で同じ師匠に習った可能性も無くもないけど、ベックさんの完成度というか実力はニールとは隔絶してるようにも見える。もしかするとベックさんがニールに教えてるのかも？

んー……ケインとニールは意気投合してたっぽいし、その縁でケインだけじゃなくてリューとかも一緒に教えてもらったりとかは……ちょっと難しいかな。

「勝者、ベクター！」

なんて色々考えてたら決着がついたみたい？　やっぱり実力差があり過ぎじゃないですかね……ってていうかベクター？　ベックじゃないの？　どういう事？

ちょっと気になったので【鑑定】でこっそりステータスを覗《のぞ》いてみる……。うん、ベックになってる。でも、あー……なんだか違和感あるなあ？　なんでだろう？　んー、【鑑定】じゃなくて【解析】を使ってみる？　えいやー！

お、本当にベクターってなってる、って…………は？　あ、え？　いや、これって……嘘《うそ》……え、マジ？　うわ、やばい⁉　これ厄ネタだ⁉

なんでこんな所にこんな人が……というか、そもそもなんで冒険者なんてやってるの⁉　ってそうじゃない！　私は何も見なかった！　私は何も気付いてないし知らない！　うん、知らない知らない！　私は何も見なかった、イイネ？

その後、ガクブルしながらも試合観戦を続けたんだけど、優勝はベック……いや、ベクター氏でした。うん、決勝戦すら一方的でした。あまりにも強過ぎて意味がわからん。

武術大会が終わった後は特に目立ったイベントも無いので早々に解散して工房に帰って休む事にした。あんな事知っちゃったら落ち着いて食い歩きもできないってーの！

そんな感じで私の収穫祭は混乱のうちに終了した。

いや、王族って……。

108　親方！　空からフラグが！

はい、収穫祭も終わっていつもどおりの平和な日々が戻ってまいりました。嘘《うそ》です。ハハハ。

いや、実際は平和ですが。

青空教室も終わったし、トリエラ達の家に行く用事も特に無いので毎日適当に剣打ったり他のスキル鍛えたりして過ごしてたりするわけですよ……うん。秋に入って気温も低くなって雨降ったりする日も増えたし、家から出るの億劫《おっくう》だから、引き籠もりですよ。引き籠もり万歳！　大正義引き籠もり！

それにほら、収穫祭の最終日で知りたくもない厄ネタを知ってしまったのでね……平和って尊いよね、マジで。

◇

それはさておき冒険者でベクターって名前、聞き覚えがあるなーって思ってちょっと記憶を掘り起こしてみたんだけど、該当一件ありました。

『赤髪のベクター』。

確か3年くらい前に一気に名前が売れた冒険者で、暗い赤色の髪と瞳の剣士。うん、ベックさんというかあのベクター氏の外見と一緒。当時15歳とか聞いた気がするから、年齢的にも多分同一人物だと思う。

この国って結構北のあたりらしくて冬は割と雪が多いんだけど、冬季に氷系の強力な魔物や魔獣なんかが山岳地帯とかに出現すると降雪量が半端なく増えるんだよね。

ちなみにそういう降雪量増やすような特殊な魔獣は冬の主といわれてたりする。倒せなくても春が来るとどこかに隠れて力を蓄えて、より強力になって翌年また現れる。

で、まだ私が孤児院にいた頃、3～5年くらい前にもそういう倒しきれなくて年々強力になっていった主が現れてて、3年前の討伐戦でようやくその魔獣を倒したんだかで有名になったのがベクターって冒険者だったはず。ケインとか三馬鹿が騒いでたからよく覚えてる。

一昨年、私が孤児院にいた最後の冬は特に雪は増えなかったから、ちゃんと前年に倒したかしたんだと思う。

でも今年、森に引き籠もってた時は増えたからまた別の奴が出たんだろうな、多分。

でまあ、その有望な冒険者が実は王族だった、とか……。死んだらどうするつもりなのかと聞きたい。いや、知りたくもないけど。

ちなみに王族の髪と瞳の色は明るい赤系とか薄い茶色系が多いらしい。最近の王族で暗い赤色って聞いた事がないので、多分【偽装】スキルを使ってるんだと思う。ステータスの名前表記も多分同じ方法かな。

覗《のぞ》き見た情報で他にも色々知った事はあるけど、忘れたいので敢えて語りません。あしからず。

あと、【解析】スキルでステータスが覗けた事でわかった事がもう一つ。【解析】スキルについての色々。

【解析】って【鑑定】の上位互換で詳細情報とかも見れるようになるだけかと思ってたんだけど、どうやら【隠蔽】や【偽装】も見破れるっぽい？

【隠蔽】や【偽装】を見破るには【看破】スキルが必要なんだけど、【解析】はどうやらそれも内包してる、という事ではないかと……？　【解析】スキルを【解析】してみたところ、『複数の【鑑定】系スキルを内包する【鑑定】系最上位スキル』という事らしい。

【鑑定】系スキル、私が知ってる限りだと下のほうから【目利き】【看破】【鑑定】【解析】だったと思うんだけど……うん、よくわからん。他にもあるかもしれないし。

名前聞くだけでもなんとなく順番は納得できるようなできないような……。ああ、でも【看破】と【鑑定】は同程度の高位スキルだったっけ？　どっちにしても【解析】を覚えた今となっては

【看破】はいらないけど。

あー、でも同系統の効果のスキルは複数持ってると効果が累積するんだったような……？　となると一応覚えておいても損は無いのかな？　でもどうすれば下位スキルを覚えられるのかよくわからない……。また今度ギルドの資料室行くしかないかなぁ？

◇

と、そんな感じで適当にスキル考察もしつつ鍛冶修業に明け暮れてたある日のお昼時。

その日はちょっと早めに午前の作業を切り上げて食堂に移動してみたりしたわけなんだけど、案の定女将さん達以外は誰もいなかった。

皆が集まってきて食事開始するまでゆっくり待ってようかなーとも思ったんだけど、皆を呼んできて欲しいとお願いされたので快く了承。毎日美味しいご飯食べさせてもらってるのでこれくらいはしますよ。

というわけでそれぞれの作業場を回っていって順番に声を掛けていったんだけど、親方さんと丁稚の子がいない。

おっかしーなー？　あ、でも丁稚の子は店番だから店舗スペースか。というわけでそちらへ向かってみたら発見。予想どおりにいたね。

「あ、レンさん。どうかしたんですか？」

「ご飯ができたので呼びに来たんですが……親方は知りませんか？」

「親方は今そっちでお客さんと商談中というか相談中というか……」

丁稚の子が商談用の椅子とテーブルが置いてある一角を指すので見てみると、親方も発見。なるほど、確かにお客さんとお話し中。丁稚の子は給仕も兼ねて待機してたっぽい。ううむ、どうしよう？

むーん、お客さんは男性２人……って、おっふぅ。

ああ、いや。うん、ベクター氏でした。あと、ニール。

もうさあ……なんなのこれ？　フラグ？　フラグが立ってたの？　っていうか私顔丸出しだし。

最悪だわ……。

逃げるかどうか躊躇《ちゅうちょ》したのが失敗だった。ニールがこっちに気付いた。そして私の顔を見て固まった。

ばれたな、これ。さっさと逃げればよかった……。

「ニール？　どうかした？」

「え？　あ、いや……」

ベクター氏がニールの異変に気付いて声を掛けて、それで私に気付いた親方が声を掛けてきた。

「ん？　ああ、嬢ちゃんか。どうした？」

「あ、いいえ。食事の用意が終わったので呼びに来たんですが……お邪魔してしまったようで、すみません」

「あー……すまんな、まだ取り込み中だ」

「はい……」

うん、凄い気まずい。

「ニール？　なにか気になるの？」

「あ？　あー、うん。その……あー」

「あの子がどうかしたのかい？　凄く可愛い子だね……あれ？　あの子、どこかで……？」

私に気付いたベクター氏にニールが耳打ち。しばらくすると私を見ていたベクター氏の表情が驚《きょう》愕《がく》に彩られていく……。あーあ、マジ最悪。

「おう、ベクターよ。その子はうちの大事な客だ、ちょっかい出さんでくれ」

「え？　嫌だなあ、そんなつもりはありませんよ」

ははは、とか胡散臭《うさんくさ》い笑顔で笑うベクター氏。誤魔化そうとしてるようにしか見えない……。知りたくもない事実を知った今となっては、この人、凄く胡散臭い。あと、腹黒そうに見えてきた。

先入観とか偏見だとは思うんだけど、こればっかりは仕方ないと思う。

「はあ……話を戻そう。はっきり言って今回の依頼は無理だ、諦めてくれ」

「そこをなんとかできませんか？」

「そうは言うがなあ……」

親方が無理やり商談に戻してくれたお陰でなんとかこちらから意識は逸れたっぽいけど、なんだか揉《も》めてる？　というか親方が無理って一体どんな依頼？

「今使っているこの剣、前回アルノーさんに打ってもらったものですが……この剣の出来が悪いという事ではないんです。これだけの剣を打てる鍛冶師は今のこの国にはほとんどいません。ただ、これほどの剣であっても今回の討伐には不安があるんです」

「それはさっきも聞いた。だがな、それ以上の剣が欲しいと言われても流石に難しい。そいつは当時の俺の最高傑作と言っても過言じゃない。とはいえ純粋に剣の出来だけを考えれば今の俺ならそれ以上のものを打つ自信はある。だが、魔力剣としてそれ以上のものを、と言われるとな……。俺の付与ははっきり言っておまけ程度だ。素材としての剣を打つのは別に構わんが、付与は別の人間に頼んだほうがいい」

「僕の伝手に、これ以上のレベルで武器へのスキル付与ができる錬金術師はいません」

「……斜向かいのあいつはどうだ？　アイツの魔力剣作成の腕は間違いなく俺以上だぞ？」

「それは……いえ、そうですね。付与されたスキルのレベルだけ見ればあちらの親方はアルノーさん以上でした。でも、剣そのものの品質が足りません。お二人の技法では素材剣の持ち込みでの後天的な付与は無理だとお聞きしました」

「そうだな……俺達のやり方だと後付けはできんからな……」

「お二人は独立する際のいざこざで仲が良くないとも聞きました。協力して剣を打ってもらうのは無理でしょう？」

「無理だな。俺はともかく、アイツが受けるとは思えん」

んー、話を聞いてると、どうやらベクター氏は魔力剣が欲しいらしい？　でも親方は氏が希望するレベルのものは打てない、と……。っていうか、前に打ってもらったのは、とか言ってたし、親方って魔力剣打てるのか！　知らなかった！　って、秘伝の類だろうし教えてもらえなくて当然か。

　で、テーブルに載ってるあれがその剣かな？　【鑑定】……えーと、見た感じやや刀身長めの片手剣で、最高品質のミスリルソード。付与は【火属性ＬＶ２】……ふーん？

「なら、付与は同じもので構いません。新しく打ってもらえませんか？」

「だがそれだとその剣と大した差はないぞ？　会心の出来だったとしても、付与が同程度では難しい相手なんだろう？」

「それは……確かにそのとおりです。ですが、それでも可能な限り準備をしておきたいんです。それに今回は素材も用意しました」

「前の剣はミスリル製だぞ？　それ以上の素材なのか？」

「はい、アダマンタイトを用意してあります」

「アダマンタイト⁉」

「ええ……流石にオリハルコンは無理でしたが」

「それは流石に無理だろう……。しかし、アダマンタイトか……」

「扱った事がないというわけではないんでしょう？」

「以前何度か扱った事はある。ただ、付与向きではない素材だからな……。以前と同等の付与をするのは俺には難しいかもしれん」

「そんな……。ですが、他に頼める人がいないんです！　なんとかお願いできませんか？」

アダマンタイト！　思わず声が出そうになったけど、なんとか堪えられた。

レア素材を弄れるとか、羨ましい……。親方、受ければいいのに。そして素材を見せてもらえたりしたら超嬉《うれ》しい。触らせてくれたりしたら小躍りしちゃうね！　そうなったらお礼に美味しいもの食べさせてあげてもいいのよ？

なんて事を考えていたら親方と目が合った。なんすか？

くてりと首をかしげて対応。そんな私を見た後、しばらく考え込んでたと思ったら私に向かって話しかけてきた。

「……なあ、嬢ちゃん。お前さん、魔力剣打てたりしないか？」

……はい？

109　果たして甘いのか、甘くないのか　いや、甘くない……はず

いやいや、急にそんな事聞かれても困る。

あー……なんて答えればいいのか……。『造れます』は却下。『しょぼいのは造れます』？　でも試しに打ってみろとか言われても困る。というか『造れません』でいいよね？

……って、親方の視線が戸惑いから確信してる感じになってる。答えに窮してる時点で造れるって言ってるのと変わらなかった……またしてもしくじった。

あーあ……仕方ない。

「……造れなくはないです。ですが、期待に添えるようなものは難しいです」

誤魔化すならこんなところかな。

「造れるのか……。いや、もしかしたらあるいは、と思って聞いてみただけだったんだが……そうなると、ふむ……」

ちょっと親方⁉　鎌かけだったの⁉　それはちょっと酷くない⁉　いや、引っかかった私も間抜けなんだけど！　というか即答で否定し忘れた私が本気で間抜けだっただけなんだけどさぁ……。

ちらりとベクター氏を見てみれば驚愕《きょうがく》の表情。それはそうだよね、私みたいな小娘というかぶ

っちゃけ子供が魔力剣を打てるとは思わないよね、普通。

「……君は、魔力剣が打てるのか。どの程度のものが打てるんだい？」

「先ほども言いましたが、貴方が希望されているようなものは無理です。ですので、お断りさせて頂きます」

「ああ、いや……そうだね、頼み事をする以上はこちらも事情を説明するのが筋というものだね。実は……」

おーい、誰もそんな事聞いてないんですけどー？

というか私の答えを聞いて親方は考え込んでるし、その親方の様子を見て私が嘘《うそ》をついてるって確信してる感じじゃか、これは。

しかしながら受けるつもりはまったくない。事情を説明されてもそれは変わらない。

いくらレア素材を扱えるチャンスとはいっても、王族と係わり合いになる事によって生じるかもしれないトラブルを考えると、それはデメリットと相殺どころかマイナスでしかない。

王族相手に魔力剣作成能力なんてひけらかしたら間違いなく囲い込まれる。仮にそうならなかったとしても冬の主相手に通用するレベルの魔力剣が造れるなんて知れたらトラブルがダース単位で舞い込んでくるだろう。そんなのは真っ平御免だ。

レア素材に触れる機会なんて急がなくてもそのうちいくらでもあるだろうし、お金だって素材を買う分には足りると思う。

親方もこんな時に余計な事を言わないでくれませんかね！　と、ジト目で睨《にら》んだらばつが悪そうに視線を逸らされた。んにゃろう。

「実は今回の冬の主は3年前に僕が追い払った奴と同じ奴なんだ。前回のあの時、僕は奴に手傷を負わせる事はできたけど、止めを刺す事はできなかった。だけど翌年奴は現れなかった。だから誰もが奴はどこかで野垂れ死んだと判断していたんだよ。でも奴は去年現れた。一昨年現れなかったのはおそらく傷を癒やすためと前以上の力を蓄えるためだったんだろうね……。去年、再出現した時に討伐に向かった連中は潰走、生き残った者も大半が後遺症が残るような負傷を負っていたよ」

むう。なんというか、相当やばい事になってる気がする。でもこういってはなんだけど、他人事なんだよね。

……そもそも、そういうヤバイレベルの化け物を退治するのは高位の冒険者や騎士団の仕事だし、怪我を負ったっていう冒険者もそれは職業上自己責任だし。

いや、国内の平和って事を考えると私が協力するのもありといえばありなのかもしれないけど、そもそもこういう時のために税金を払ってるわけで、そう考えると私は特許料収入からかなりの額の税金を納めてるわけで。

なのにそんな私が自分にトラブルが舞い込むとわかってて手を貸すというのは、ちょっとない。

薄情？　いやいや、私は別に聖人君子じゃないし、自分の平穏が最優先です。

「3年前戦った時の能力と去年戦って生き残った連中から得た情報から今年の強さは大体予想を立ててあるし、そのための物資も近くの城壁都市のギルドに搬入を開始している。前線基地となる場所も去年壊滅させせられた山中の開拓村の跡地に築いている最中だよ。だけど、奴と直接戦う戦闘要員の装備に不安が無いわけじゃないんだ。今回は騎士団も出るけど、冒険者の武装に関してはそれぞれ自前で用意するのが普通だからね。自慢するわけじゃないけど、前回の戦いで奴に手傷を負わせたのは僕だ。だから僕も奴と直接戦う最前線に配置される。そうなるとやっぱり万全を期しておきたい」

なるほど、前にギルドマスターの使いの人が言ってた大規模な討伐っていうのはこの事か。それに今年森に引き籠もってた時の大雪も再出現した冬の主の仕業と。前線基地が壊滅させられた開拓村って事は、滅ぼされた村は他にもいくつかありそうかな……。でもそれでも私が剣を打つ理由には足りない。

「……申し訳ありませんが、期待には応えられそうにありません」

多少は申し訳なく思わなくもないけど、全然心が動かない。我ながら冷たいなあとは思わなくもないけど、こっちも人生が懸かってる。今までも色々やらかしてはいるけど、ここまで明確な地雷は流石に踏みたくない。

さっき睨んだ事で親方も私の心情を察したのか、ばつが悪そうにして何も言わない。親方、決して悪い人じゃないんだけど、色々抜けてるというか……いや、私も抜けまくってるから人の事どうこう言えないんだけど。

「そこをなんとかお願いできないかい？」

いや、なんで要求するレベルの剣が打てる前提の物言いなの？　そういうのは無理って言ってるでしょ！　嘘ってわかっててても空気読め！

というわけで、ふるふると首を振る。

「それに私はここに間借りしてるだけで、ここの職人というわけではありません。今も無理を言って鍛冶場を使わせてもらってるのに、それで商売をするような不義理はできません」

「それは……」

うん、義理とかは大事なんだよ。仮にお金を払って使わせてもらってるんだとしても、ね。というかそもそも仕事で剣を打つつもりはないし。あくまで自分用だから。

「いや、そこは別に気にしないでもいいいんだが」

親方がまた余計な事を言い出したので睨んで黙らせる。

「そもそも、なんでそこまでするんです？　貴方は一冒険者に過ぎないでしょう？　そういう危険な事はそれこそAランク以上の冒険者や騎士団の仕事では？」

「……不幸な目に遭うとわかってる人達を見捨てる事はできないよ。できる事なら助けたい。それはおかしい事かい？」

いや、言いたい事はわかる。目の前で困ってる人がいて、なんとかできるならしてあげてもいいかなとは思う。でも私の人助けの許容範囲はかなり狭い。目の前で転んだ子供を助け起こすくらいならまだしも、赤の他人のために自分の命や安全は懸けられない。身内や友達だったら話は別だけど。

「予想される今年の奴の能力を考えると、司令部を構築してる城壁都市まで影響が出るかもしれない。もし今年倒せなかったとしたら奴の影響範囲内の都市では冷気で死人が出るかもしれないんだ。それを防ぐためにもなんとしても奴を倒したい。あの街には孤児院もあるし、街の設備の防寒能力を考えると孤児に死人が出てもおかしくはない……。できる事なら僕は誰も死なせたくはないんだ」

……孤児院？　というかそもそも、なんで拠点が王都じゃないの？

「あの、冬の主が現れたのは王都の北西の山じゃないんですか？　３年前までは主の出現していたのは北西の山で、討伐拠点は王都だったはずですが」

基本的に冬の主は毎回同じ場所に現れる。だから討伐拠点の構築は比較的容易で、仮に年単位だったとしても時間をかければいつかは倒せる。そして今回の主は前回と同じ相手という話なんだから、当然今回も主の住処は王都の北西の山のはずだ。

「いや、去年奴が現れたのは前よりも更に西の山岳地帯だよ。今、司令部を構築してるオニールの北の山のあたりだね。斥候の話だと今年もほぼ間違いなくそこに現れる予兆があるらしい」

ちょっと待って、オニール？　今オニールって言った？　さっき孤児院があるって言った？　なら、そのオニールっていう街は私が住んでいたあのオニールの街？

あそこにはまだ妹分や弟分がいる。私達に良くしてくれた院長先生ももうかなりの高齢だ。私がいた頃も冬の寒さには辛そうにしていた。寒さで孤児が死ぬ？　そんなのはだめだ。

「すみません、ちょっと考えが変わりました。その依頼、受けさせて頂きます」

「本当かい⁉」

いくらなんでも親代わりだった人や妹弟分は見捨てられない。私でも流石にそこまで薄情な真似はできない。

「はい。ただし、条件があります」

「条件？」

「はい。魔力剣を打てる鍛冶師はあまりいないと聞きます。つまり、今回剣を打つ事で色々なトラブルに巻き込まれる可能性があると思います。……私は、後ろ盾がありません。それはトラブルから身を守る術が無いという事です」

「つまり、後ろ盾が欲しい？」

「いえ、逆です。私にはまだやりたい事があります。そのためにも不用意に後ろ盾を得るのは好ましくありません……。権力に物を言わせて囲い込まれるわけにはいきません、自由に動けなくなるのは困るんです」

「剣を打ったとしてもその製作者であるとばれるのは困る、と？」

「はい。ですので、トラブルに巻き込まれないように情報が漏れないようにしてもらいたいんです」

「なるほど…………わかったよ。それなら『僕の名前』に懸けて、君の安全を保障すると誓うよ。君の周辺の安全確保や情報の漏洩《ろうえい》はないように手配する。だから、どうか剣を打って欲しい」

……王族がその名前に懸けて、ね。

とはいえ私はベクター氏が王族って事は知らないって振りをしないといけないんだから、どうしたものか。取り敢えず怪訝《けげん》そうな顔して反応を引き出してみるかな？

「嬢ちゃん、そいつが名前に懸けて誓うって言うなら、何も心配はいらない。約束はきっちり守るはずだ、俺が保証する」

おろ？　親方が保証する？　……ああ、つまり親方はベクター氏の出自を知ってるって事か、なるほどなー。

「あ、すみません親方。さっきはああ言ったのにこんな事を言えた義理ではないんですが、鍛冶場を使わせてもらえませんか？」

「ん？　ああ、さっきも言ったが気にしないでいい。冬の主の件は俺達も他人事じゃないからな。そいつと戦うための剣だ、気にしないで存分に使ってくれて構わん」

ちゃんと筋は通しておくのが礼儀。とはいえ相変わらず変なところで太っ腹な親方だわ。

「ありがとうございます。それで、えっと……ベックさん？」

「……？　ああ、ごめん！　前にそう名乗ったんだよね？　これからはベクターって呼んでもらえるかい？」

「ベック？　なんだそりゃ？　お前はベクターだろうが」

「あー……3年前の討伐の後、周りが騒がしくなって拠点を変えたんですけど、その時に偽名を名乗るようにしてたんですよ」

「周りがうるさくなって煩わしくなったか？」

「そんなところです……」

そういう理由だったのね。でも有名税なんだから我慢してもよかったんじゃない？　あ、万が一王族ってばれたりしたら困るからとか、そういう理由もあるのかな？

「ええと、それではベクターさん？　どういった剣がご入り用ですか？」

「どういった？　……君はどのレベルの付与ができるんだい？」

「それはひとまず置いておいて、取り敢えずできる限り希望を述べてもらえますか？」

うん、その中から適当に造るから。とはいえ流石に自重しないで打つつもりはないよ。

「それは……いや、そうだね。取り敢えず最低限『火属性』でLV3〜4は欲しいところかな」

うん、色々含むところがあって空気を読んでくれたらしい。こういう人の相手は楽でいい。それにさっきまでの対応を見るに、思った以上に誠実な人っぽい。腹黒そうとか思って申し訳ない……。いや、それでもどこか腹黒そうな感じがするんだけど。

「正直なところ、冬場に雪山で戦わないのであれば前の剣でも倒す自信はあるんだ。でも相手の属性を強化する場で戦うとなると、最低でもそれくらいのレベルの付与が欲しい。可能なら5、できる事なら6以上が理想なんだけど、そのレベルになるとダンジョンでもそう簡単には手に入らないからね」

「他には？」

「他には、そうだね……さっきも言ったとおり、素材は持ち込みでアダマンタイト。剣の形状はバスタードソードにして欲しいかな。3年前は筋力が足りなくて片手剣だったんだけど、今はそのあたりも成長して今のメインウェポンはバスタードソードなんだよ。だから使い慣れてる形状のほうが助かるかな？　両手持ちも片手持ちもできるしね」

「今は魔力剣のほうは使ってないという事ですか？」

「状況によって使い分けてる感じかな。どちらかというとバスタードソードのほうを多用してるけど」

「盾も使ってる？」

「小回りが利くようにバックラーを使ってるよ」

ふーん……？

「なら、盾も造りましょうか？」

「いいのかい⁉」

「……素材に余裕があればですが」

「そこはなんとかするから、是非お願いするよ！」

「盾のほうはどうします？」

「盾は……汎用性を考えて無属性かな？　流石に属性盾だと使い勝手がね……」

了解、了解。鎧《よろい》は……流石に面倒だし、いいか。あ、そういえば。

「そういえば、冬の主はどんな魔物なんですか？」

「ああ、言ってなかったね。奴はフロストサラマンダーだよ」

これまたレアな魔獣だこと。

フロストサラマンダーはサラマンダーの亜種で、火ではなく氷属性の馬鹿でかい蜥蜴《とかげ》のような魔獣。外見は巨大な蜥蜴だけど、種別としては亜竜種、下位の竜種に属する強力な魔獣だ。

亜竜種は他にワイバーンなんかがいる。亜竜種と竜種の違いは色々あるらしいけど、わかりやすいのは知性の差。竜種は明確に人の言葉を理解するし、強力な魔法も使う。そしてブレスを吐く。亜竜種は一部を除きブレスを吐かない。魔法に関しては種族による。

ちなみにサラマンダーという呼称の存在は火の精霊にもいるので非常に紛らわしい。

「亜竜種ですか……。どうやって倒すつもりですか？」

「亜竜とはいえ竜は竜。竜退治の基本どおりに行くつもりだよ」

「竜退治の基本となると、下に潜り込んで腹を割く、ですか……」

竜は真っ向から攻めても硬い鱗《うろこ》に阻まれてまともにダメージを与えられない。硬い鱗ではなく比較的柔らかい皮膜に覆われている腹部を攻めるのが常套手段《じょうとうしゅだん》だ。とはいえ翼竜ならなんとかして最初に翼をどうにかしないといけないんだけど。

「幸い戦いの場は雪山だからね、雪の中を潜って接近するつもりだよ。そのための装備も色々用意してるよ」

そのあたりを準備してるとなると、後は余計なお世話になるか……。じゃあ造るのは剣と盾って事ね。

「後はそうだね……報酬を決めないといけないね。一応金貨で５０００枚を支払うつもりなんだけど、それで足りるかな？」

おっふぅ……凄いお値段！　でも素材持ち込みの鍛造依頼で金貨５０００枚……。相場がよくわからん！　どうすればいいのだ⁉

「ああ、それなんだが……ベクター、アダマンタイトが余ってるならその現物を譲ってやれないか？　嬢ちゃんには現金よりもそっちのほうがいいと思う。お前の事だから余裕を持って用意してあるだろう？」

「それは、確かにありますが……」

「ならそれで決まりだな。嬢ちゃんもそっちのほうがいいだろう？」

「はい、それでいいです」

流石親方、わかってらっしゃる。というかレア素材のアダマンタイトを余裕持って集められるとか、流石は王族！　マジパネェっす。

「うん、じゃあアダマンタイトの現物で支払いという事だね。とはいえ盾も造ってもらえる事になったから……片手剣でギリギリ2本に届かないくらいの量になるけど、いいかい？」

「問題ありません」

「それはよかった……。でもそうだね、ついでで金貨5000枚も支払うよ」

「いえ、それは流石に」

「いや、受け取って欲しい。盾も造ってもらうんだしね」

あー……そういえばそうだった。ならもらっておこうかな。

「わかりました、ではそれで」

「うん。それじゃあ材料は午後にでも持ってくるから、後はどうかよろしくお願いします」

ひぃ、王族に頭下げられてるぅ!?　いや、そんな事知らないんだから知らない振り知らない振り！

「はい、承りました」

そんなこんなで一応話はまとまり契約書を取り交わすと、ベクター氏……もう「さん」でいいか、ベクターさん達は帰っていった。ニールが羨ましそうに見てたけど、知らん。

ちょっと遅くなった昼食を食べ終わって、しばらくしてから素材を持って改めてベクターさんが一人で来店。ついでに今使ってる剣も見せてもらった。癖とかチェックしたかったから、一応ね。剣が完成したら親方に言えば取りに来るらしい。

とまあそんなわけで明日から魔力剣を造る事になった……いや、ぶっちゃけ魔剣造るけどね！

自重？　自重はする！　でも手加減はしない！　孤児院のみんなの命が懸かってるんだからね！

でも、はぁ……結局面倒な事になってしまったのだわ……。でもまあ、最悪逃げればいいか。

ステータス表

※3巻終了時点

レン

【名前】レン【種族】天人族
【職業】Eランク冒険者／Cランク商人
スナイパー／スカウト
ライダー／マスターウィザード
アークエンチャンター
ビーストテイマー
ゴーレムマスター
魔法鍛冶師／料理人
【称号】探求者／狙撃手／霊獣使い
魔剣鍛冶師／刀匠
フェンリルライダー
【年齢】11歳
【身体特徴】黒髪
金瞳

HP	60/60	AGI	7(+14) (+5)
MP	1550/1550	INT	690
		MGC	590
STR	3(+14)	CHA	28(+68) (+5)
VIT	5(+16)	LUK	2
DEX	25(+50)		

【従魔】

ノルン……フェンリル　霊獣
ベル……フェンリル　魔獣

【スキル】

創造魔法……LV4
操剣魔法……LV3
魔法付与……LV8
技能付与……LV6
マルチタスク……LV6

剣術：抜刀術……LV1
狙撃……LV7
連射……LV4
騎乗……LV2
魔法効果増幅……LV1
威圧……LV2

魔法：光……LV8
魔法：闇……LV7
魔法：火……LV10
魔法：水……LV10
魔法：風……LV8
魔法：土……LV10
魔法：氷……LV8
魔法：雷……LV7
魔法：無……LV10

身体強化：魔力……LV1 使用時STR・VIT・AGI+10
結界魔法……LV4
魔力圧縮……LV1

魔力回復促進……LV6
魔力消費軽減……LV8
魔力循環……LV10
魔力操作……LV10
魔力感知……LV10
オートマタ作成……LV1
ゴーレム生成……LV6
ゴーレム制御……LV8
ゴーレム同調……LV2
魔道具作成……LV10
魔力剣作成……LV8
属性剣作成……LV8
魔剣作成……LV6
聖剣作成……LV0
調合……LV10 DEX+5
鍛冶……LV8 STR・VIT+4
刀工……LV4 DEX+2
金属加工……LV10 DEX+5
鋼糸作成……LV7 DEX+3
革加工……LV10 DEX+5
木工……LV10 DEX+5
服飾……LV10 DEX+5
テイム……LV3

ストレージ……LV ―
生活魔法……LV10
鑑定……LV10

解析……LV2
隠蔽……LV4
偽装……LV4
身体制御……LV10 DEX+5
警戒……LV10
探知……LV10
隠身……LV8 AGI+4
鷹の目……LV6
料理……LV10 DEX+5
家事……LV10 DEX+5
礼法……LV6 CHA+3
詩歌……LV3
採取……LV10 DEX+5
農業……LV4 VIT+2

耐性：精神……LV10
耐性：空腹……LV6
耐性：疲労……LV7
耐性：痛覚……LV4

淫乱……LV7 CHA+35
巨乳……LV4 CHA+20
魔性……LV1 CHA+10

魔法属性適正……全属性
魔法系統適正……盾・壁
成長補正……特殊

【装備】

ミスリルショートソード：魔剣・名剣……【全属性LV7】【攻撃強化LV5】【耐久強化LV5】
マッドブルの皮鎧一式……【全属性LV7】【防御強化LV5】【耐久強化LV5】
ミスリルの手甲・脚甲……【全属性LV7】【防御強化LV5】【耐久強化LV5】【重量軽減LV5】【敏捷強化LV5】【疲労軽減LV5】
ミスリルの服……【全属性LV7】【防御強化LV5】【耐久強化LV5】【重量軽減LV5】
えっちな下着……【全属性LV7】【防御強化LV5】【耐久強化LV5】【重量軽減LV5】【魅力強化LV5】
ミスリルマント……【全属性LV7】【防御強化LV5】【耐久強化LV5】【重量軽減LV5】【隠身LV5】【隠蔽LV3】
伊達眼鏡……【隠蔽LV3】【偽装LV3】
鋼のスローイングダガー……【攻撃強化LV5】【耐久強化LV5】
魔剣……多数

ノルン

【種族】フェンリル　【職業】霊獣
【称号】レンの保護者　【年齢】52歳
【身体特徴】灰毛　黒目

HP	1290/1290	AGI	45(+40)
MP	680/680	INT	32
		MGC	37
STR	42(+10)	CHA	15(+1)
VIT	40(+10)	LUK	15
DEX	23(+4)		

【スキル】

咆哮……LV4
威圧……LV4

魔法：水……LV5
魔法：風……LV8
魔法：氷……LV6
魔法：雷……LV7

身体強化:魔力……LV1
使用時 STR・VIT・AGI+10

魔法剣……LV5

アイテムボックス……LV2
必殺……LV8 DEX+4
警戒……LV10
危険察知……LV5
危険回避……LV1
探知……LV10
気配探知……LV4
忍び足……LV10
隠身……LV10 AGI+5
気配遮断……LV4 AGI+2
奇襲……LV6 AGI+3
俊足……LV10 AGI+20

統率……LV3 CHA+1

魔法属性適正：水・風・氷・雷

ベル

【種族】フェンリル　【職業】魔獣
【称号】ノルンの娘　【年齢】2歳
【身体特徴】白毛　黒目

HP	70/70	AGI	25(+11)
MP	50/50	INT	15
		MGC	16
STR	12	CHA	10
VIT	12	LUK	10
DEX	12		

【スキル】

魔法：水……LV3
魔法：風……LV2
魔法：雷……LV3

警戒……LV5
探知……LV5
忍び足……LV8
隠身……LV5 AGI+2
奇襲……LV2 AGI+1
俊足……LV4 AGI+8

魔法属性適正：水・風・氷・雷

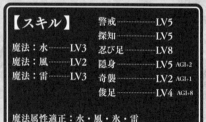

リリー・アルムフェルト

【種族】人族
【職業】Dランク冒険者
　　　　ハイウィザード
　　　　ウェイトレス
【年齢】14歳
【身体特徴】明るい金髪　青目

HP	80/80
MP	100/100
STR	5
VIT	7
DEX	8(+2)
AGI	8
INT	21
MGC	23
CHA	12(+1)
LUK	15

【スキル】

魔法：光	LV4	魔力消費軽減	LV2	
魔法：闇	LV3	魔力循環	LV3	
魔法：水	LV2	魔力操作	LV3	
魔法：風	LV2	魔力感知	LV3	
魔法：無	LV4			
		生活魔法	LV4	
回復魔法	LV2	料理	LV3	DEX+1
結界魔法	LV3	家事	LV2	DEX+1
魔法剣	LV2	礼法	LV3	CHA+1
強化魔法	LV2			

魔法属性適正：光・闇・水・風・無

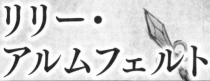

サレナ・アルムフェルト

【種族】人族
【職業】魔導師
冒険者ギルド職員／ハイウィザード
【年齢】16歳　【身体特徴】金髪　深い青目

HP	100/100	AGI	10
MP	250/250	INT	29
		MGC	25
STR	6	CHA	15(+2)
VIT	9	LUK	12
DEX	10(+2)		

【スキル】

魔法：光……LV4
魔法：闇……LV4
魔法：火……LV3
魔法：土……LV3
魔法：氷……LV3
魔法：雷……LV5
魔法：無……LV2

魔法剣……LV4
弱化魔法……LV3
魔力消費軽減…LV2
魔力循環……LV3
魔力操作……LV3
魔力感知……LV3

生活魔法……LV5
家事……LV4　DEX+2
礼法……LV4　CHA+2

メシマズ……LV10

魔法属性適正：光・闇・火・土・雷・氷

アリサ・ハミルトン

【種族】人族
※イラストはウェイトレス時のもの。
【職業】Dランク冒険者
フェンサー／ウェイトレス
【年齢】14歳
【身体特徴】青髪　濃い青目

HP	100/100
MP	20/20
STR	8
VIT	8
DEX	8(+1)
AGI	12(+6)
INT	9
MGC	7
CHA	11(+1)
LUK	9

【スキル】

ハミルトン流戦闘術……LV5
剣術：片手剣……LV4
剣術：細剣……LV5
小盾術……LV3

カウンター……LV3
受け流し……LV3

生活魔法……LV3
必殺……LV3
警戒……LV2
見切り……LV0
探知……LV2
俊足……LV3 AGI+6
家事……LV2 DEX+1
礼法……LV3 CHA+1

Kラノベブックス

よくわからないけれど異世界《いせかい》に転生《てんせい》していたようです3

あし

2020年 3 月30日第1刷発行
2020年12月 1 日第3刷発行

発行者　森田浩章
発行所　株式会社 講談社
〒112-8001　東京都文京区音羽2-12-21
電　話　出版　(03)5395-3715
販売　(03)5395-3608
業務　(03)5395-3603
デザイン　浜崎正隆（浜デ）
本文データ制作　講談社デジタル製作
印刷所　豊国印刷株式会社
製本所　株式会社フォーネット社

ISBN978-4-06-519359-4　N.D.C.913　331p　18cm
定価はカバーに表示してあります

ファンレター、作品のご感想をお待ちしています。

あて先　〒112-8001　東京都文京区音羽2-12-21
（株）講談社　ラノベ文庫編集部 気付
「あし先生」係
「カオミン先生」係

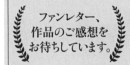